Ninguém mexe comigo
Caio Girão

ABOIO

Ninguém mexe comigo
Caio Girão

Ninguém mexe comigo	9
A taquígrafa	13
Os paetês de minhas mães	15
30 de março de 1971: uma manhã muito fria	19
Miopia e astigmatismo	23
Wilton Paes de Almeida	27
Asco	31
Camas	35
Martelo	39
Um peixe que voa / Juazeiro Jerusalém	43
Quatro Escuridões	47
Uma rodovia deserta	59
Mar de feldspato	65
Pré-vestibular	67
Nesta mesma cama	71
A gaveta de Zeno	77
Três gargantas	83
Um sinal que seja / Morrer soterrada	87
Banheiro químico	97
Algemas e sabão	101
Barriga e ferida	105
Punhetas	109
Santo	113
um teste	117
Da brutalidade da empatia	121
Último conto	135

Para Demetrius, a única inspiração possível para este livro, por ter me ensinado o que é carinho num mundo de violência

Ninguém mexe comigo

Este seria um poema-reportagem, resultado de mais de 200 horas de entrevistas realizadas durante 11 meses no ano de 2022. A protagonista deste texto seria uma moradora de Copacabana (ela me fez prometer que jamais divulgaria seu nome) que trabalhava como designer em home office. Uma das coisas mais fortes que ela me disse se referia ao fato de ter adotado um cachorro durante a pandemia, um vira-lata. O cachorro cresceu muito, ela precisou se mudar. Ao passear com ele, ela me disse, era como se vivesse em um país diferente de quando saía sozinha. Porque quando uma mulher anda sozinha aqui pelas ruas do Rio, mas acho que acontece em quase qualquer rua do Brasil, uma mulher é agredida a cada cem metros pelo menos, ela me disse, por um homem que se acha no direito de falar algo, de olhar para o seu corpo, de tentar se fazer notado, de acreditar que qualquer gesto será capaz de te levar para cama com ele. Mas quando passei a andar com meu cachorro não, os comentários desse tipo pararam, vieram de outros tipos: que cachorro grande, que monstro, qual a raça? Vira-lata? Duvido, grande assim, tira esse cachorro de perto de mim, esse cachorro não deveria viver na cidade. Um tipo de hostilidade diferente, mas que me mostra, ela me disse, como a sociedade é intrinsecamente preconceituosa, como tudo pode ser resumido à aparência e à percepção. Mas a verdade é que hoje, quando eu ando na rua, mesmo que esteja sem meu cachorro, é como se ele me acompanhasse, e tem algo no meu passo que imita o dele. Mas a verdade é que hoje, quando eu ando na rua, ninguém mexe comigo. Eram coisas assim que ela me dizia e que fariam parte do texto. Ela me contou sobre um grupo de moradores de Copacabana formado apenas por donos de cachorros grandes. Eles se encontravam uma vez por mês. Mas depois de ter uma primeira versão do texto, antes mesmo que ela lesse, me ligou e disse: acho que prefiro que tudo isso seja uma música. Ela já estava no hospital nessa época. Me indicou que havia um rapaz que cantava em frente à estação de metrô da praça Cardeal Arcoverde, um rapaz que cantava em um microfone ligado a uma caixa de som, mas nunca cantava a música inteira, sempre pedaços, feito alguém que muda a estação de rádio só para não ouvir nenhum anúncio, e acaba criando uma música infinita. Quero que ele faça uma música sobre mim, não você. Com uma rara sensibilidade ética, decidi respeitar sua decisão, falei com o cantor da Cardeal Arcoverde e entreguei uma cópia do texto. Ele disse que não sabia fazer música. Falei sobre a pessoa que pediu, seus olhos me perceberam como se nunca tivessem visto alguém, e ele disse: preciso fazer essa música. O estado dela, instável, se complicou, e precisaria ficar mais tempo em observação no hospital. Não havia ninguém para cuidar do cachorro. Nenhum conhecido. Eu me incumbi de cuidar dele. Ela morreu em pouco menos de um mês depois que deu entrada no hospital. O cachorro segue comigo. Ainda que insatisfatória, acredito que essa pequena explicação do motivo pelo qual esse texto não consta neste livro é necessária. Mas a frase dela ficou ecoando no meu ouvido e dá origem ao título do livro.

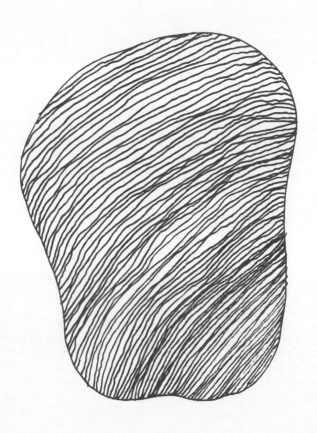

A taquígrafa

Aguardando o sinal fechar, uma moça tropeçou no meio-fio. O ônibus vinha devagar. Mas não impediu que a roda gigante passasse sobre sua cabeça. Uma explosão pastosa, feito bomba de chocolate. Um doce com recheio de cereja. Uma melancia aberta. Beterraba. Ninguém percebeu, os carros continuaram seguindo, fazendo a curva, a avenida cheia. Caminhões, ônibus, motos. O corpo da moça ali sem cabeça me lembrando quando o chow--chow de uma amiga confundiu a cabeça de um poodle com um brinquedo e a esmagou, com os dentes, não tão devagar quanto o pneu do ônibus passando sobre a cabeça da moça, mas com a mesma explosão. E foi outro som, mas aquele barulhinho tic, de uma pecinha se quebrando, um ossinho se rachando. E se tivesse sido meu tropeço, minha cabeça?

Não percebo quando o sinal fecha, mas percebo a movimentação, as vibrações horrorizadas de quem passava, a realidade mais frouxa. De início ninguém me notou, eu ali em pé, paralisada. Mas não demorou muito para todos os olhares se voltarem para mim. Em menos de uma semana me convenceriam que eu a havia empurrado.

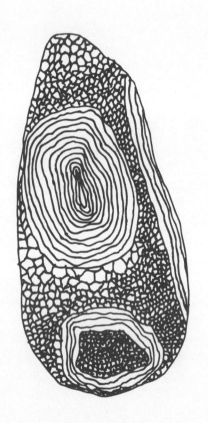

Os paetês de minhas mães

Nascer em um cabaré. Crescer em meio a mulheres. Porque nas prostitutas, antes de ver peitos, bundas e bocetas — e confesso que só soube muito tarde em minha adolescência o que era cada uma dessas coisas —, qualquer criança vê apenas gente (mulheres). Porque por muito tempo essa foi minha ideia de gente: mulher.

Ficava horas contemplando a gente se maquiando, escolhendo blusas, camisolas, colares, saltos. Calcinhas e sutiãs eram raríssimos. Elas tinham cabelos inalcançáveis, obras de mãos habilidosas. Homens eram tão somente vultos aos quais nunca dediquei demasiada atenção, peças passageiras daquele motor que foi minha casa e infância. Lembro de conviver muito próximo à sede e à fome — constantemente ficávamos sem água e a comida não durava por muito tempo diante de bocas tão famintas. Era preciso caminhar duas quadras rua acima, até a casa de Dona Aninha — que me recebia sempre com um generoso copo d'água e um pote de restos de comida (nunca comi nada tão delicioso). Não refletia sobre isso então, mas hoje carrego a certeza de que ela era minha melhor amiga.

Todo mundo guarda os cheiros da infância, os que mais lembro são: o inconfundível cheiro da cozinha de Dona Aninha, a mistura de pó de base com bafo de whisky e o mofo cultivado sob as camas de cada quarto da casa.

Engraçado viver tão perto do sexo e só formar a ideia de sexo na leitura dos livros eróticos ou de biologia. Não soube, até meus dez ou onze anos, que todo mundo tem pai e mãe — e o sexo é pressuposto da existência. Chamava todas aquelas mulheres de Mama, nunca me ensinaram seus nomes (sabia um ou outro nome de guerra, mas nenhum verdadeiro) e tampouco me apresentaram a minha verdadeira mãe.

Minha ideia de mundo é algo entre a poeira dos livros e o gemido das putas.

Como naturalizar a ideia de pênis assim? Olhava para isto no meio das minhas pernas e me perguntava por que a minha piriquita era tão estranha e feia. Pelo menos todas me resguardaram daqueles porcos que lá iam para esquecer seus trabalhos, suas famílias, suas vidas. Quantos tinham filhos e filhas da mesma idade que eu?

Me dei conta que eu queria mesmo descobrir não minha mãe, mas meu pai. Ficava do lado de fora da casa observando os homens que entravam e saíam, me perguntando: "qual desses filhos da puta é meu pai? qual merece morrer?". A profusão de cheiros, pessoas e ideias — atmosfera melancólica da minha infância — tornou-se puro asco na minha adolescência.

A única resposta possível foi fugir (exatamente de quê ou de quem?).

Em todas as tentativas de amar, busquei um outro eu em outros homens. Herdei a ideia de ser só mais uma que, de pernas abertas, aguarda o macho maior te foder. Engoli muita porra até aprender que meu tesão sempre residira no desejo de alcançar a força imprudente das minhas mães. O meu desconforto morava em mim, neste maldito e horrendo pênis.

De novo a resposta foi fugir.

Eu, agora mulher, por muito tempo busquei a reconciliação com aquela criança que, no primeiro passo, não recebeu aplausos, que, ao dizer a primeira palavra, não viu sorriso qualquer. E só me reconciliei nesta única foto que carrego: um bebê com sua chupeta se apoia numa cesta de lixo e observa as mulheres nuas ao seu redor, dentro de um camarim. Tantas vezes me perguntei se alguma delas seria minha mãe, sem questionar quem seria a fotógrafa.

30 de março de 1971:
uma manhã muito fria

Quando acordou, no corpo de um sargento, pensou no copo de água desperdiçado. Se encarou no espelho, procurando por uma pista. No rosto muito específico que se projetava no espelho e imitava seus movimentos não havia qualquer pelo de barba, somente rugas e pintas na pele oleosa. Uma expressão muito séria e enfadonha. Coisas estranhas vinham acontecendo no cárcere. Talvez fosse mais uma piada sem gosto dos seus algozes. Beliscou os braços com suas unhas limpas e cortadas, sem cheiro de merda, sem terra e sangue encrustados. A cama lisa e branca lembrava o véu de uma noiva que desistiu de casar-se. Há quantos dias não sentia um cheiro que não parecesse vir do seu próprio corpo? Há quantos dias não via a mínima luz do sol, como essa que entrava pela frestinha da janela? Seus dedos estão velhos, mas lisos e brancos. Um relógio de parede lhe indicava a hora. Que estranho era saber o exato horário em que algo acontece. Suas mãos conheciam melhor os caminhos do armário, deram seu jeito de vesti-lo, de empurrar aquele corpo estranho para dentro da farda verde-terrivelmente-oliva, cobrir a calvície com a boina grená, calçar os coturnos — macios por dentro. Sentiu uma acidez na garganta. Enquanto presenciava a encenação dos próprios membros, evitava racionalizar: "deixe sua alma na gaveta mais escondida, depois você volta pra buscar", Eduardo lhe dissera na noite em que foram entregues. Evitar lembranças e pensamentos era o único antídoto que conheciam os que sobreviviam. Na escrivaninha, uma placa para colocar no peito, em que estava escrito: Altair Casadei. Sabia apenas uma coisa sobre os militares, e era o que lhe bastava: tratar com desprezo os inferiores, seguir e recolher os dejetos dos superiores. Assim, com a postura canalha de qualquer patriota, sai do quarto e caminha pelos corredores cinzas, dentro do calor que só se faz num quartel, entre os sons de gritos e conversas banais. Ao descer a escada para o nível subterrâneo, vomita aquela acidez no corredor — um líquido muito fino e amarelo. Continua a performance no passo canalha, nos lábios cerrados, nas sobrancelhas impassivas. Ouve algum subalterno tentar limpar o vômito atrás de si com uma esponja de aço, como se fosse fazer alguma diferença no cheiro ou no estado daquele chão. Anda como se tivesse destino e, sem perceber, chega à porta 62. Mas esse número está gravado de uma forma clara e limpa, não com a sujeira escura e úmida do outro lado. Bom dia, Sargento. Ele não quis comer e jogou o copo de água no soldado do turno anterior, quase machucou. Se o senhor quiser, podemos preparar a salinha pra ele. Assente com a cabeça e espera até que apareça um superior. Casadei, você tem que dar um jeito nesse aí, tem coisa nova lá na salinha, pode experimentar nele. Em menos de uma hora e cem passos, está na salinha — mas não no chão. Está muito em pé, e firme nos pés. No chão mira o corpo que era seu até ontem, e o corpo o mira com os olhos que eram seus até ontem, e agora parecem se ver num espelho distorcido, que encontram a resposta de um enigma muito trivial. De novo aquela acidez na garganta. Ninguém nunca sabe exatamente quando é o fim de uma tortura.

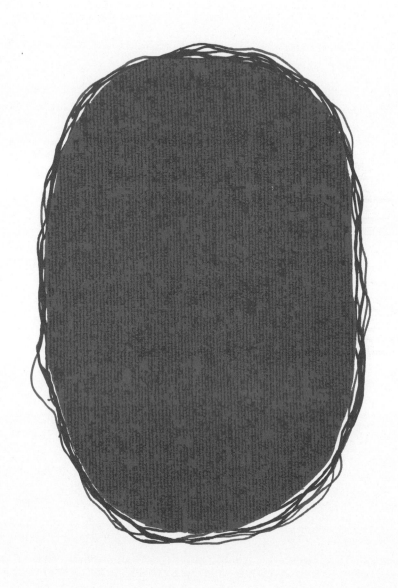

Miopia e astigmatismo

Mesa 7: Os óculos de Joseph escorregam devido ao suor em seu nariz. Ainda não se acostumou a usá-los. Empurra-os com o dedo indicador, sente as feridas no topo do nariz, a pressão sobre as orelhas. É um dia quente e ele veste sobretudo.

Mesa 3: Mariah aguarda Victor. Na sua bolsa, a aliança com a qual pretende pedir Victor em casamento depois de seis anos de noivado — e nenhuma menção de Victor a fazer o pedido. Ela imagina o que suas tias vão falar: "Mulher pedindo homem em casamento? No mínimo esquisito. Não dá sorte não". Ela olha para o relógio, talvez suas tias estejam certas. Victor está atrasado mais de 40 minutos. Tem tempo suficiente para lembrar as mensagens que viu no celular dele e se perguntar se a aliança é por amor ou desespero.

Mesa 11: Adrián está feliz por finalmente almoçar com seus pais, que se separaram há sete anos (quando ele tinha dois) e até então não haviam almoçado juntos os três. Desde que aprendeu a pensar em palavras, em seus aniversários, ao apagar as velinhas, fez o mesmo pedido. Agora acredita ser verdade o que dizem. Basta assoprar e não contar a ninguém. Ele não consegue parar de sorrir. Seus pais não conseguem sorrir.

Mesa 9: Eli recebe a mensagem de sua mãe: "Você precisa vir ao hospital. Não quer se despedir do seu pai?". Seu ímpeto é jogar o dinheiro sobre a mesa e sair correndo. Com lágrimas nos olhos, ao mesmo tempo em que busca lembrar o motivo pelo qual nutria ódio ao seu pai, tenta afastar o remorso eterno a que está fadado.

Mesa 2: Vazia, com uma xícara suja de café e um chapéu sobre a mesa.

Balcão: Pauline assiste ao restaurante cheio, sorri de orgulho, brilham os olhos. Ainda pensa no acidente que sofreu na véspera da audiência para uma nova montagem de Ionesco, mas talvez tenha sido bom, talvez seja precisamente isto aqui o que o destino reservou para ela.

Mesa 11: Um olha para o outro como se estivesse a ponto de gritar. Adrián captura os olhares tensos dos pais e lembra-se das brigas que o acordavam de noite, das manhãs pesadas que destruíam seus dias, dos choros silenciosos no banheiro. Por que os adultos são assim?

Mesa 3: Pela sexta vez, Mariah tenta ligar para Victor — caixa postal. Ela promete a si mesma que, ao sair do restaurante, nunca mais tentará salvá-lo dos próprios problemas, jogará fora todas as roupas dele, trocará a fechadura. Chama o garçom e faz o pedido.

Mesa 2: Albert retorna para apanhar o chapéu esquecido.

Mesa 7: Durante os últimos meses não houve sequer um dia em que Joseph não se perguntasse como teria sido sua vida se tivesse conseguido passar no exame de vista para ser piloto. Naquele instante passou a odiar tudo que representava seu sonho: as forças armadas, a nação, o governo, as leis, os outros. A resposta óbvia veio numa mensagem anônima, num convite.

Aquela mensagem traçou este instante. Observa aquelas pessoas no restaurante: duas garotas acabam de entrar, um homem está saindo com o celular na mão, uma mulher sozinha com cara de choro faz seu pedido ao garçom, uma família come em silêncio, um homem entra correndo para pegar seu chapéu e não terá tempo de sair. Pensa nas decisões e nas sortes daquelas pessoas antes de pressionar o botão.

Wilton Paes de Almeida

Pois aqui nenhum tem pai e todos têm armas
BLACK ALIEN

Acho que consigo te ver daqui do alto do vigésimo quarto. Não quero me mexer, todo esse cansaço em meu corpo me escraviza há dias. Eu que pensei que ia morrer de fome na maior cidade do Brasil... Vou morrer neste incêndio. Queria morrer pelo fogo, mas você sabe: não é isso que mata. É a fumaça. Bastam trinta segundos dentro dela para que os pulmões se transformem em nuvens de fuligem. Não é meu primeiro incêndio. Na verdade é a primeira vez que não sinto cheiro de merda e lixo aqui — por que meu nariz não se acostumou a esses cheiros, como o de todos aqui? Eu me jogaria, mas estou aqui no alto. Pensei que nunca chegaria tão alto na minha vida. E quero morrer assim: em meio às chamas. Olho para minhas mãos, a sombra das veias sob a luz do fogo — sob a luz de um incêndio, qualquer um parece uma escultura de Bernini. Lembra como você gostava de passar os dedos sobre essas veias? O calor se move em minhas costas, muito diferente do calor de quando se deita no asfalto. Consegue ouvir os gritos daí? No Largo, começa a se formar uma plateia, também de renegados como eu. Apenas assistem. Alguns riem, posso ver. Meu suor evapora feito água de lava a jato em capô de carro debaixo do sol de verão. A vibração sob meus pés é um presságio do espetáculo que todos esperam. Mas não queria a queda, quero morrer aqui no alto, não quero sucumbir em meio a entulhos como pretendem todos que agora assistem, como pretendem todos que verão as notícias sobre este momento histórico: minha morte. Nunca quis voar, você sabe. Detesto a ideia de cair. Já disseram que tenho a mesma idade que este prédio. Em muitos aspectos nos parecemos. O prédio cospe centelhas de soberba e pobreza, incendeia o céu. Assim como eu, sem querer, esta construção tornou-se instrumento da morte. Tudo isso por causa de uma luz que nunca acendeu. Lembra quando você entrou no meu quarto em silêncio, dizendo para não acender a luz? Eu ainda pressionei o interruptor, mas sabia que a lâmpada havia queimado há dias — você tinha ficado de trocar. Esperei por um milagre. Esperei esse tempo todo por um curto-circuito. De todos os fogos, o fogo que veio encaixar os pedaços da minha vida de mortes. Queria também que a luz do fogo habitasse minha escuridão, mas ela só faz nascer mais sombras.

Pai, eu sei que você está no meio dessa multidão em algum lugar, você sempre está. Eu sei que quando você foi embora, nunca se esqueceu de seu menino, que foi a mamãe que te impediu de voltar. Mas a mamãe morreu. Eu não estava lá. Você consegue sentir esse cheiro agora? Finalmente o cheiro de bosta queimando, quer dizer que as chamas já atingiram todos os interiores. O céu se curva sobre mim, meus pilares se afundam em si mesmos, meu concreto se extingue em desesperanças. Quem disse que eu não posso cair pra cima?

Pai, você me perdoou?

Asco

Con la cadena hasta el pie, de diabla el corazón

ROSALÍA

Reflete sobre os últimos dias orbitado por questionamentos, procurando alguma solução para se livrar da arapuca em que havia se envolvido. Pensa no rosto de Adão. E no exercício que faz com rostos como o dele: desenhar repetidamente os mesmos contornos até que ganhem formas de um bicho. O de Adão era como o de um pássaro. Um muito parecido com aquela tatuagem acima da nádega direita.

Um pássaro como este que encontra agora na sarjeta da esquina, deitado de lado, logo abaixo da placa de identificação do Citi — banco fela da puta que o demitiu duas vezes. A multidão do meio-dia caminha implacável nos dois sentidos, como se de fato soubessem suas origens e destinos. Quantas pessoas haviam passado por aquele bicho convulsivo? A respiração ofegante, o bico confuso, os olhos inquietos e as asas esticadas o lembram a pergunta: "Pai, a gente pode ser pássaro?".

O olhar de seu pai deve ter sido como o que agora dirige àquele animal — de pena. Mas aos filhos ele só dispensava dois tipos de olhares: de pena ou de ódio.

Quantas vezes não fora ele próprio só mais um deitado na sarjeta, sob uma parca sombra, a se debater em desespero contra o calor de um meio-dia incansável, alheio aos olhares da multidão?

Uma fronteira se formou entre ele e o fluxo de pessoas, todas desviam, mantêm uma certa distância. Sente a nuca queimar ao sol.

Precisa pegar aquele bicho e cuidar dele. Precisa vê-lo voar. Talvez essa seja a única solução.

Olha para o segurança a alguns metros, como a pedir autorização para se agachar ali. Mesmo sem resposta, se curva, fingindo que vai amarrar o cadarço. Ao se aproximar do chão, penetra-lhe um cheiro de merda no nariz, não aquela merda de esgoto — típico cheiro do bairro —, mas o cheiro de bosta fresca, o que lhe excita, porque vez ou outra sentira esse cheiro no hálito e no pau de Adão. "Seu coração é que nem o de um passarinho, bate tão rápido, tão bonitinho...", ao fim da transa, ele com a cabeça sobre seu peito direito, na vitrola Charlie Parker tocando The Gypsy.

Junta as mãos para pegar o animal, como prestes a beber água na mais pura fonte. Sente a pulsação de uma vida que depende dele. Vira o corpinho para que fique de barriga para cima. Logo que se põe em pé o larga ao notar que no peito da andorinha há um grande buraco, no qual, por entre ossos e vísceras, debatem-se vermes amarelos, famintos.

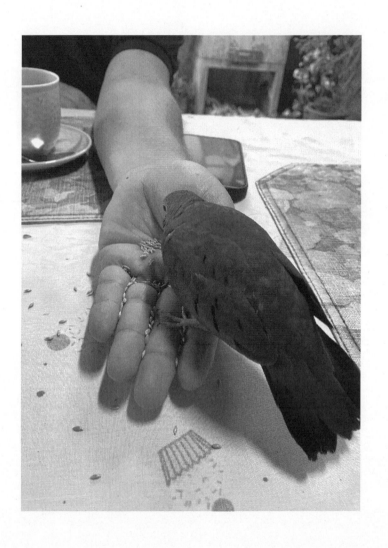

Camas

Por que fazer promessas secretas a pessoas impossíveis? Desde o berço até esta calçada suja, úmida e fria, o que me antecede o sono é a nítida consciência de que o inferno está à espreita. Esse segundo que precede o sono é como nascer para a morte. Cabe tanto infinito nesse tempinho curto, tanta coisa se passa. Alcançamos, dizem os artigos científicos, estados transcendentais de compreensão. E esquecemos. Assim como vamos esquecer nossa própria morte depois de morrermos.

Nunca gostei de travesseiros e lençóis, sempre fui de dormir pelado, de resistir ao frio encolhendo-me, recusando as fronteiras de cobertas e agasalhos. Uma geografia mais íntima. O contato com o ar. Isso é coisa de criança. E a infância tem esse cheiro de pano molhado de suor antigo, mofo e água sanitária. A infância para mim é aquela salinha da creche em que as tias costumavam me levar depois do banho, esfregando a toalha pelo meu corpo, depois seus peitos, e às vezes fechavam a porta, tiravam também as roupas, oferecendo os seios imensos, como se fosse um presente, passando a mão por lugares que sequer eu tivera tempo de mapear. Elas riam. Eu lembro dessas risadas com precisão. A merda é que quanto pior tá a coisa mais esses momentos me visitam. Quanto mais escuro, mais risadas. É terrível ficar com os olhos encharcados no meio do dia, ter que engolir as lágrimas para não me manchar.

De repente fico rindo à toa sem saber por que, e vem a vontade de sonhar de novo, te encontrar. As reminiscências da tua voz rouca, no último instante de consciência acordada, me agasalham mais do que qualquer pano. No exército a gente dormia em tábuas, lembra? Insistiam em chamar aquilo de cama, nos obrigavam a deixá-las arrumadas, ainda que não fossem mais do que farrapos podres, nos quais se entranhavam baratas, moscas, formigas. Preferíamos dormir no chão, mas era proibido. Acho que sempre gostei de dormir no chão. Naquela época que fomos morar juntos dormimos no chão por quase um ano. Apesar de tudo o que os médicos dizem, dormir no chão nos bota num estado etéreo.

As camas, acho, são feitas é para guardar tempo, guardar secreções, movimentos, como um palimpsesto imperturbável daquilo que não se escreve. Uma boa rede, você sabe, é mais confortável do que qualquer cama. Mesmo aquela king size que comprei com todas as economias. O tamanho dela era só pra guardar as histórias de tanta gente que passava por mim. Houve semanas que, terrivelmente, eu pensava nas pessoas como pratos num cardápio. Semanas que transava com mais de dez pessoas. E ficava o cheiro impregnado. Aquela cama guardava mais do que nomes ou sono. Um registro preciso das horas e sensações. Debaixo dos lençóis havia mapas de líquidos. Toda cama que se preze tem desses mapas por baixo da lisa superfície visível. Ilhas de gozo e dor.

Eu queria escrever poemas a um você genérico, mas sempre acabo escrevendo a você. Sempre acabo pensando em você. Nos últimos dias tenho sonhado com nossas conversas sobre sonhos e pesadelos, sobre como seus sonhos eram tão inventivos e cheios de significado, enquanto os meus eram como lembranças terríveis e assombradas, às vezes lembranças de um futuro inevitável. Por que você não me visita para seus sonhos?

Eu queria pedir desculpas, queria poder chorar no colo da mamãe e ficar emburrado por ter meus segredos revelados. Minhas palavras estão presas na sarjeta. A única ponte que consegui construir entre essas ruas e uma vida apresentável é uma ponte falsa. Caminho sobre mentiras. Minha cabeça rodopia, rodopia e, invariavelmente, volta para aquelas tardes úmidas na creche, minha boca cheia de partes das tias, minhas mãos imobilizadas, minha culpa de criança idiota. E é como se você estivesse lá e aqui, no inferno e na sua representação.

Martelo

O olhar de quem, sem querer, desmascara os segredos de outra pessoa. A maternidade tem dessas coisas de forçar-se a explicar o inexplicável, de consertar o irreversível. Enquanto eu costuro seu uniforme, ela come, naquele pires, o arroz, o feijão e o ovo. O silêncio de sempre entre nós. A linha corre por entre meus dedos, por dentro do tecido. Ela mastiga, pedaço por pedaço, primeiro do lado esquerdo depois do lado direito. Olha para os lados. Assoa o nariz, larga o garfo apoiado ao pires, apoia o queixo no dorso da mão e o cotovelo na ponta da mesa. Ao meu olhar, levanta o cotovelo e volta a apanhar o garfo. Seu suspiro é mais que uma palavra. Ela tem o mesmo suspiro de meu pai. Por isso odeio quando ela faz isso. E ela não tem medo do escuro, como eu costumava ter. Acima de tudo: ela ama esta casa, a casa em que nasceu. Como deve ser bom amar a casa em que se nasceu. Em cada curva que o balançar de seu pé realiza há uma pergunta. Cada pergunta que eu nunca responderei.

Olho pela janela pequena. Daqui não é possível ver o céu, mas o que ele diz. A fraqueza da luz que por ali entra anuncia uma nuvem gigante a cobrir o sol. Penso nessa nuvem gigante e suas formas. Ou seria um céu inteiro nublado? Prefiro a ideia de nublado.

O choro do recém-nascido da vizinha expulsa o silêncio e penso nas minhas olheiras, cada dia maiores.

Pelo rabo do olho, vejo a barriga dela. Barriga inocente, desconhecedora do que pode abrigar. Com duas mãos, segura o copo de requeijão. Levanto o rosto para assistir. Ela sempre fecha os olhos ao beber desse copo, pois seus olhos encostam na borda. Assim como ela engole a água, engulo a saliva. O som dessa engolida faz com que ela afaste o copo e abra os olhos. Como pode um olhar penetrar tanto? Tem os mesmos olhos de meu pai.

O choro do bebê intensifica. A vida é impossível ao meio-dia. Ela me encara com seus olhos desproporcionais, eu mudo de posição e retorno à costura. Afasto o rosto para tirá-la de meu campo de visão. Penso nas amigas que ela fez na escola, sobre as quais nunca está disposta a falar. Penso na vizinha e em seu bebê, no martelo, naquele quarto.

Limpava o quarto todos os dias, cada canto. Sempre permaneceu imundo. E é assim que me recordo dele: sujo, bagunçado, escuro. Televisão nenhuma deveria ter um limite máximo tão alto para o volume.

Percebi que ela já me olhava há muito tempo quando perguntou: "mãe, por que todas minhas amigas têm papai e vovô?"

Um peixe que voa /
Juazeiro Jerusalém

No meio do Cauaburi existe um peixe que voa. Não é que ele pula da superfície da água até uma altura razoável. Ele voa mesmo, migra para outros países, outros continentes, e encontra rios tão finos e imperceptíveis para que possa se instalar no fundo, imperceptível, se reproduzir e depois voar para outra parte. Peixe-medusa.

Uma contista pensa nisso enquanto desce de elevador os mais de trinta andares daquele prédio feio e fedido. Ela pensa também que só mesmo indígenas para conhecerem esse peixe e o descreverem, biólogo nenhum acreditava naquilo. Aparentemente a bateria do seu relógio havia se esgotado. O ponteiro parado. Um tranco, o elevador para. Isso costuma acontecer em prédios velhos. Um peixe assim mudaria muita coisa. Se algum biólogo apostasse na pesquisa, talvez encontrasse algo importante. O cheiro de fumaça entrando pelo rio, pela fresta. Ela aperta o botão de emergência. Nenhum som, nenhuma resposta. O celular sem sinal. Asa e nadadeira são a mesma coisa. Ela tosse e pensa no fogo. Bate na porta de metal. Oca. Grita socorro. Imagina a mata se escurecendo sob grossas nuvens negras. O fogo irrepreensível. E o rio borbulhante. O corpo fervendo, queimaduras surgindo feito bolhas, sob a pele, sob as escamas, a carne endurecendo. Um tranco, o elevador continua a descida. E o peixe-medusa nadando mais fundo do que o rio, para dentro da areia, para dentro das rochas, cavando com suas asas. Quando a porta do elevador se abre há uma multidão esperando impaciente. Anda de lado para não ser esmagada pelas pessoas apressadas, prende a respiração e sai do elevador. Outras pessoas aguardam a próxima leva. Ainda pode sentir o cheiro de fumaça sufocante. Ao sair do prédio, na contramão de uma massa de gente, olha para cima e vê que um andar inteiro do prédio está em chamas.

//////////

— Os cearenses são os judeus do Brasil. Já ouviu essa? Juazeiro é Jerusalém, o povo diz. Mas eu acho que Jerusalém é que é Juazeiro. Daqui a alguns anos deve acontecer lá o que tá acontecendo aqui.

Quando Antônio Vilanova assentou o último tijolo do muro, era meio-dia e tudo estava amarelo. Nenhuma nuvem à vista. Distribuíam farinha para os homens cansados e esperançosos. Antônio queria cumprir a primeira promessa que fez à esposa, de nunca mais pegar numa arma.

— Antônio, um tal de Doutor Acioli tá te procurando ali embaixo.

Havia um zunido crescente na cidade. Alguns diziam sentir a terra tremendo de noite.

— Vilanova?

Aquele homem tinha cheiro de sebo. Tinha mandado matar crianças, todos sabiam. O que poderia falar com um homem daqueles?

— Doutor...

— O que vocês pretendem fazer aqui, hein? O que te faz achar que dessa vez vai ser diferente?

Antônio sorri. Olha para os homens e seus pratos de farinha.

— Senhor já conheceu Padrinho? Isso aqui não vai ser Canudos não, senhor. Agora tem mais coisa. Tem muita mais coisa.

— Canudos nunca acabou não, Antônio. Você sabe que ainda está lá. Aposto que você acorda de noite com a sensação de estar cercado pelo exército. Marechal Hermes tá vindo por nós.

Antônio olha para as mãos de Acioli, seus dedos finos, sua pele alva. Avalia o corpo daquele homem e sua postura. Seus ombros largos seriam sua desgraça, todos os homens de ombros largos que Antônio conheceu morreram por causa disso.

— Doutor, me dê licença que tenho coisa mais importante pra fazer.

Enquanto se afastava em direção ao muro e aos homens, Antônio sentia o olhar de Acioli, mais do que o sol em sua pele. A segunda promessa, ele pretendia cumprir até sua morte, a de nunca mais confiar em homem de ombros largos.

Quatro Escuridões

And this is where the story and confusion began
TYLER, THE CREATOR

1ª — Everton

Duas e quarenta da manhã, meu último quarto de hora do serviço. Azar militar: quando você pega um serviço de sentinela no sábado, às vésperas do seu noivado, e ninguém quer trocar de serviço com você. Duas e quarenta da manhã e é isso: a rua vazia, às vezes o som do vento, uma ou outra pessoa sem história, sem origem e sem destino. Torcendo para acontecer alguma coisa (e esse é bem o horário em que casais se encontram ali debaixo da árvore, a pé ou de carro, e, julgando não ter um soldado na guarita distante, vão aos finalmentes sem qualquer cerimônia), mesmo que dê merda; e no cagaço de dar merda, porque esse oficial de dia é brabo e quer todo mundo no padrão toda hora. Parado, pensando, tentando pensar ou imaginar qualquer coisa, uma filosofia, uma lembrança, uma história, uma música, uma questão. E parecem ter passado trinta minutos, olho o relógio: duas e quarenta e seis. Não consigo nem lembrar palavras, a cara daquela garota, o dia em que... Volto a olhar para frente, para o distante da escuridão, mas o silêncio não é o mesmo. Não, o silêncio está diferente, tem alguma coisa dentro dele. Ponho a cabeça para fora da guarita, olho para trás: a escuridão também está diferente, tem alguma coisa dentro dela. Uma parte está se movendo. Um pedacinho da escuridão vem se mexendo em minha direção. Cacete, é uma pessoa. Um homem. Está nu. É alguém que eu conheço. Só quando está suficientemente perto, a ponto de eu conseguir ver uma piroca das maiores balançando entre as pernas, que vejo: caralho, é o Sargento Chacom. Que porra é essa? Ele está arfando. Vem correndo rápido, como se não visse nem a escuridão nem a mim. Não, ele não está arfando, está sussurrando. Só consigo pegar algumas palavras: o fogo, apartamento, mundo, chamas, cair... Nem sei o que fazer. Sinto o calafrio típico do pressentimento de uma puta alteração no serviço, um puta esporro e uma puta punição (um FATD, na certa). Só agora que penso na tamanha idiotice de ter deixado o César dormindo — ele deveria estar neste quarto de hora comigo, mas estava ainda de ressaca, como ele soube pedir numa boa e como eu estava devendo, aceitei ficar sozinho. Mas, porra, que merda é essa do Sargento Chacom correndo pelado uma hora dessas, sussurrando essas porras? Penso que não fazer nada seria o melhor (aqui, não fazer nada é sempre a opção mais segura) mas estou cansado de não fazer nada. Saio da guarita e fico esperando o Sargento se aproximar. Ele ainda não me vê, acho que seus olhos não olham nada, estão revirados. Quando ele vai esbarrar em mim, o seguro pelos braços, e quase caímos juntos. Sargento? Ham? E-mento- -sei-lá... Sacudo, sacudo. Sargento. Está tudo bem. Ele pisa forte ao abrir os olhos, seus olhos olham para mim. Como se acordasse, ele diz: "Everton", como ele lembrou meu nome?, "meu apartamento, alguma coisa atingiu ele, a laje caiu. Agora tem só fogo lá, pelas paredes. Sei lá. Eu..." ele engole forte, uma lágrima começa a correr seu lado esquerdo.

2ª — Chacom

Já se vão quase duas horas no banheiro, as pernas já dormentes, já deu cãibra, já passou, já voltou. Essa dor de barriga fodida que não passa. Já se foi tudo que havia na minha barriga, meu ânus está ardendo. Ainda assim minha barriga continua doendo. No começo que foi horrível: a frouxidão, a vontade de vomitar, a cólica... Mesmo com a dor, me levanto, a perna começa a formigar — primeiro formigas, depois alfinetes. Volto a sentar. Acho que já está bom, a dor está começando a passar. Puxo um bom pedaço de papel e passo com muito carinho ao redor, olho o papel: apenas água marrom. Levanto de novo, ainda minha perna alfinetando. Noto que o tempo todo ali no vaso eu só pensei em uma coisa: o peixe solitário na poça que vi hoje. Estava passando pelo outro lado do morro. Acho que um rio passava por ali e secou, e aquela poça era um pedacinho do que sobrou. Aquele peixe talvez fosse um dos últimos sobreviventes. Ainda nadava, como se esperasse alguém vir buscá-lo. Quis salvá-lo, assim como salvo os pássaros desamparados. Mas como? Eu não tinha nenhum recipiente. A Carmenlúcia não gosta de aquário, até tínhamos um, mas desde que... Chacom, amor! Vim com a Patrícia, ela é linda — e jovem, jovem como Carmenlúcia nunca foi. Sigo a trilha com ela, mas pensando naquele peixe: como deve ser perder o rio e ficar preso numa pequena poça? Então começo a pensar muito forte que isso é uma metáfora para a vida de todos nós — não só a minha e a sua, mas de todo ser humano. Em algum momento nosso rio seca e a gente passa a viver numa pocinha assim pequenina, nem sempre só, mas quase sempre. O pior é que poucas vezes percebemos e quando percebemos é melhor esquecer. Cê tá pensativo, hein? Que é que foi? Tem que voltar pra Carmenlúcia e só lembrou agora mas num quer me dizer? Não, não. Eu... respondo, ainda com o olhar vago. Só estou pensando numas coisas lá do condomínio. Ela sorri, ela sempre sorri. Ela adora me segurar pelo braço. Ela aperta meu braço. Nossa, quanto músculo. E ri. Aperta mais e gosta de sentir a dureza de meus músculos. Ainda me segurando o braço e colada em mim, ela passa a mão em meu pênis, e diz: mas duro mesmo é isso aqui. E ela tem razão, fico muito mais duro com ela do que com Carmenlúcia, principalmente quando ela tenta enfiar tudo na boca (coisa que Carmenlúcia já desistiu de tentar). Ela me dá dois comprimidos: um para tomar agora com ela, outro para tomar depois quando estivesse com saudade dela. Bem agora saindo nu do banheiro eu sinto saudade dela; Carmenlúcia nem está aqui. E estou só, com uma dor de barriga. Saio do banheiro direto à cozinha, pego um copo d'água, vou atrás daquele comprimido, o encontro ainda no bolso da calça que eu usava naquele dia e nunca pus no cesto de roupa suja. A calça que ela tirou com tanta gula e rapidez, nem mesmo mole ela conseguiria pôr tudo na boca, mas gostava de sentar até que estivesse todo dentro dela, gemendo um gemido doído. Logo quando tomo aquilo sinto uma tontura doida e me sento, ainda pensando na Patrícia. Por isso, excitado. Não sei como uma mulher daquelas fica com aquelezinho, um moleque daqueles. Eu pensava em largar Carmenlúcia por ela. Mas ela continuava com todo aquele papo de amor, noivado, casamento... Os peitos dela, aqueles mamilos pequenos e rosados perdidos nos seios morenos volumosos e curvados numa reta que, num vértice pontudo, se curvava suave. Era um L torto estiloso e curvado de lado um olho egípcio de frente dois olhos belíssimos também seus olhos quantas cores tinham e suas pernas mas os braços não consigo me segurar perdi a cadeira em que estava sentado vou girando porque estava no teto de cabeça para baixo sinto as paredes do apartamento pulsando e pulsam numa direção consigo sentir as veias do chão vou seguindo o pulso quase flutuando na mesma frequência já no quarto depois do quarto a parede que parede parede é o escuro da noite e é o escuro depois detrás da lua as paredes começam o fogo vejo o mundo acabando e um meteoro escuro se aproximando corro para longe vou subindo descendo as escadas fora pra dentro

3ª — Carmenlúcia

Ele sempre volta à mesma questão: os bichos, o aquário, peixes, pássaros, a Amazônia... Mas não venha me falar de Amazônia, não existe lugar que eu odeie mais. Lugar pavoroso, só mato, umidade, calor e mosquitos. Ele não, ele ama... Nem sei como nos apaixonamos, nem lembro quando deixamos de nos amar. Só sei que por muito tempo, apesar da indiferença e da falta de amor, o que me segurou foi aquele seu pau enorme, que hoje já nem faz diferença. Acho até que nunca me importei com o tamanho, era só um fetiche bobo alimentado pelas pornografias que vi. Hoje gosto mesmo é do fogo dos jovens, a ingenuidade, a força, a língua descontrolada, os dedos loucos, os paus latejantes e duros como rocha, sempre apontados para mim, como flechas que buscam o alvo certo e perfeito. E que o alvo estivesse no meio das minhas pernas. Há tempos que tem muito soldado babando por este par de pernas, porque só uso vestido quando estou em casa. E deixo que alguns olhem quando o vento vem brincar em minhas pernas, levantar meu vestido e mostrar uma calcinha fio dental quase invisível afundada em minha bunda. E sei que muitos olham, às vezes fico olhando eles arranjando qualquer desculpa para ficar por ali nos entornos, um ou outro atrevido às vezes vem oferecer ajuda ou dizer que o Sargento Chacom pediu para deixar isso ou aquilo aqui em casa. Mas tem uns soldados que me dão tesão real. Só o cheiro já é capaz de me excitar. E esse Soldado Everton, quando passou aqui para chamar o Chacom e me viu ainda de camisola (uma meio transparente), tentou desviar o olhar de meus peitos, mas mal conseguia disfarçar seu desejo, quase me comia com os olhos, tenho certeza que, se eu desse as costas, ele me atacava. Quando falei "ele está quase vindo" e continuei parada encarando aquele rosto, ele se endireitou e fez pose de macho, certamente involuntária. Também tenho certeza: se Chacom não estivesse em casa, eu teria tirado a camisola ali mesmo. Ainda estávamos nesse jogo de olhares quando: "Já vou, Soldado! Espera lá fora". Ele saiu, e o Chacom me olhou acusando — sem querer, sabendo que aquele olhar me aborrecia, lancei meu olhar aborrecido: ele entendeu e respondeu com um olhar confuso. Com o olhar também se despediu, disfarcei um olhar de compaixão e de quem sentiria saudades. Te amo, tchau. Te amo, tchau. Fiquei olhando eles se afastando pelo quintal, mas só olhei para o Everton, notei seu pescoço querendo virar, mas ele resistindo, segurando. Esse mesmo pescoço eu morderia e gostaria de segurar com a minha mão esquerda, querendo afundar minhas unhas até deixar marca e ele sorrindo e afastando minha mão, dizendo: "não pode" do mesmo jeito que eu faço quando ele quer morder e chupar meu pescoço. Eu não errei no Everton. Ele não era o primeiro a entrar assim pelas portas do fundo — da casa e de mim. No entanto, no entantíssimo, ele era o mais especial e inesquecível de todos. O único a quem quase nada eu conseguia negar, o único a quem sequer um olhar eu conseguia disfarçar. Ainda assim, com toda minha energia e devoção ele ainda falava (e não parava de falar) naquelazinha. Eu prometia minha vida inteira a ele, e ele respondia um simples sorriso e uma simples virada de rosto, como se eu lhe contasse algo bobo. Eu falava de fugas, de luxos, de outros mundos, ele só falava amor, noivado e casamento. A verdade é que eu nunca a havia visto, só por fotos, uma 3x4 de colégio, outra abraçada ao Everton. Ela tinha um ar de ingenuidade safada. Eu brincava: a cama com ela nunca que vai ser como é comigo. Ele desconversava, e dizia que precisava ir. Eu dizia que ficasse. Ele dizia vou. Ele ia e minha cabeça ia junto, porque esses dias, essas semanas, esses meses eram só dele, e minha cabeça ia voando. Mal, e cada vez pior, eu conseguia me excitar com o Chacom, seus músculos, seu pau gigantesco, sua voz. Na mesma medida em que eu me entregava àquele rapaz, Chacom ia se entregando a alguém, a uma rapariga jovem na certa, a uma moça inocente que lhe desse tudo que ele pedisse sem questionar. Afinal foi sempre isso que ele quis de mim e nunca teve. Jamais me curvei a ele, jamais cedi a ele como tenho cedido ao Everton. Tanto que simplesmente decidi passar uma noite neste hotel escuro, porque só ontem o Everton veio me dizer que ia noivar, mais para desabafar num "tô puto, teu marido que me escalou pro serviço. Eu ainda disse que podia trocar com o César, mas ele também já tinha escalado o César". Eu acho que sei por que o Chacom estava "puto". Agora é só isso que fico pensando aqui na escuridão deste quarto, já faz quase três horas que estou aqui pensando como as coisas foram ficar assim, e como nós estamos abandonados pelo tempo. E o tempo é um rio implacável. Chorei todas as lágrimas que podia chorar, pensei em quase todas as possibilidades: ir ao cartório e impedir aquela palhaçada ou contar tudo para o Chacom ou matar aquela piranhazinha da noiva ou matar o Everton. Meu celular está em cima da mesa, esperando a ligação de um desses homens, do Everton ou do Chacom. Espero enquanto a escuridão me engole na solidão imensa de alguém que se perdeu do próprio caminho. Alguém que se perdeu do rio. Na escuridão vai se escrevendo enorme o nome dela, com um P macabro denso e violento, de puta, de piranha...

4ª — Patrícia

Há muito tempo que eu tento dormir aqui deitada, todas as luzes apagadas, a cama e o escuro me engolindo. Estou cansada e com muito sono, mas, assim como a cama e o escuro, minha cabeça não para de girar. Estou também muito ansiosa, muito enfurecida, muito nervosa, muito confusa. Dessa confusão tenho algumas certezas que me fazem sorrir. Bem agora o Everton deve estar lá com o César. Fico pensando como isso é engraçado: ele não saber nada sobre o César além do fato de ele ser meu meio-irmão por parte de pai; ainda acha que é pura coincidência. Nunca deve ter desconfiado que só o conheci (e fui para aquela boate justamente para conhecê-lo) porque o César estava profundamente apaixonado e não sabia como falar isso com um "colega de arma". Ele me falava tanto dele que eu mesma comecei a me interessar e tive de conferir de perto. Não tenho a mínima culpa se aqueles seus olhos eram uma armadilha mortal. Claro que César me culpou por muito tempo, mas o convenci de que tinha sido uma enorme coincidência, "nem sabia que o cara com quem tinha transado se chamava Everton, só quando ele me disse que servia no Círculo Militar que comecei a desconfiar, mas ele já tinha me fisgado". Mesmo que meu meio-irmão fosse compreensivo (ou fingisse ser compreensivo) ficou na cara que sua compreensão não suportava um noivado quando ele encheu a cara na véspera do serviço que ele tiraria com o Everton na véspera do nosso noivado. Serviço que o canalha do Chacom inventou só para foder o Everton e fodeu o César por tabela — porque era o César que sempre cobria o Everton nos serviços. Ele queria mais me atingir com aquilo, há muito tempo que ele queria me atingir. Mas não é só porque ele começou a transar bem antes comigo que eu não tinha o direito de noivar e me apaixonar pelo safado do Everton. No começo eu dizia que aguentaria ser a outra e coisa e tal, porque não sou do tipo de mulher que se preocupa com essas bobagens. Mesmo assim, nunca prometi que ele seria o único nem que ele também nunca seria o outro. E ele tem que aguentar ser, até porque eu sou muito mais mulher do que a sua Carmenlúcia. O que faz minha cabeça, minha cama e meu escuro girarem é o engodo que está tudo agora e o fato de estar sozinha (não só bem agora) o tempo todo, mesmo estando com tanta gente o tempo todo. Não me sinto culpada por esconder o que quer que seja do Everton, afinal, só me preocupo com o exato agora, passado e futuro são pesos desnecessários que me recuso a carregar. O que me preocupa um pouco é como será de amanhã em diante, penso em dar um pé na bunda do Chacom, mas realmente gosto dele (e de chupar aquele cacete gostoso dele). Aí sim eu teria um peso na consciência. Acho que ele mesmo vai se tocar e se distanciar de mim do mesmo jeito que eu vou me distanciar dele. Ainda mais depois dessa pílula meio estragada que dei pra ele. Aposto que ele deve ter tomado há pouco, está tomando agora ou vai tomar daqui a pouco, achando que vai bater a mesma vibe gostosa da primeira pílula. Outra coisa é a Carmenlúcia, já até pensei em fazer alguma coisa com ela, tipo ir lá na casa dela, ou deixar uma marca na roupa do Chacom, ou sei lá, tacar fogo na casa. Não sei... Mas depois, para quê me preocupar com isso? Ela é só uma mulher mal comida, de mal com tudo que existe. Sei disso só pelo que o Chacom me fala. Como uma mulher pode não ser fissurada naqueles braços, naquele tanquinho, naquela piroca gostosa? Só sendo otária mesmo. Porque era otária, era mal comida. Ela agora deve estar lá deitada, com o marido trancado no banheiro. Com uma angústia indecisa dentro dela. Isso me faz pensar muito: até que ponto estamos próximos e envolvidos com as pessoas ao nosso redor, com as pessoas que nos relacionamos? Até que ponto nos relacionamos? Eu e a Carmenlúcia: tão distante e tão próximas. Eu e o Everton: tão próximos e tão distantes. E nós quatro, eu, Everton, Chacom e Carmenlúcia: esse emaranhado que é um embolo só, cada um com um lado da coisa, cada um com sua verdade. Até que ponto? E a escuridão vai se mexendo em cima e dentro de mim, vai entrando mais. Tanto pensamento. Fico tentando interrompê-los com o mesmo pensamento: é preciso dormir. Meu pai, minha madrasta, minha mãe, meu padastro, meu meio-irmão, minha meia-irmã, o tio de Everton, a tia de Everton, as duas primas dele: todos estarão nos olhando e preciso estar bonita, tranquila, decidida, já bastará o cansaço abatido de Everton e sua cara de pós-serviço. Eu aqui preciso dormir. A escuridão vai tomando conta de mim e tenho medo. Tenho medo de me largar e me deixar levar. Mas preciso dormir, porque preciso acordar. E vou acordar no grande dia em que não haverá mais nada, nem mesmo mais nenhum de nós, somente o amanhã, somente o agora, o novo, recém-nascido e inocente agora. Mas a desconfiança, a incerteza... A insistência de habitar meu coração, minha cabeça, minha vida. A desconfiança, a incerteza, a escuridão... Ai! Preciso dormir logo agora imediatamente, preciso me preparar, não posso ficar pensando essas coisas. Não posso pensar, porque não tem nada mais.

Nada mais pra pensar. Preciso parar e dormir, acordar fora dessa escuridão toda. Amanhã vai ser outro dia,tudo vai ser diferente e essa coisa toda vai ficar pra trás. Não vai mais ter nada, absolutamente nada...

Uma rodovia deserta

There are plenty of ways you can hurt a man and
bring him to the ground
JOHN DEACON

É muito ruim não saber onde você está. Esse mesmo pensamento que Aline tinha enquanto olhava para Jó na pista de dança, sob as luzes coloridas estroboscópicas, ele tivera no dia anterior, no ônibus. Enquanto também tentava adivinhar o motivo de ela o ter convidado para o casamento, se sobrepondo à dúvida que o acompanhava nos últimos anos: por que eles haviam parado de se falar?

Você aceitaria vir ao meu casamento? Assim foi feito o convite, por uma mensagem no Instagram. Sua primeira surpresa foi ver a mensagem entre as principais, não nas solicitações. Eles não se seguiam mais. A única resposta que Aline tivera foi o sinal de "lido" sob a faixa que encapsulava suas palavras.

Eles se conheceram na faculdade, ambos transferiram de curso na mesma época, eram os únicos veteranos novatos naquele período, já na metade do curso. Nenhum dos dois conhecia ninguém por ali, mas haviam se encontrado no dia da prova de transferência. Na primeira atividade em grupo, enquanto os outros alunos caminhavam pela sala para se juntarem em suas equipes seminaturais, eles se olharam. Em menos de uma semana já sabiam mais um sobre o outro do que qualquer pessoa antes disso. Mas não se desejavam. Como acontece nas universidades, ou em qualquer ambiente hostil, pessoas começaram a orbitá-los, num tipo de turma improvisada, sustentada apenas pela relação entre eles dois. Suas conversas se embalavam no mágico equilíbrio da livre confissão e do respeito aos segredos. Levaram meses para que cada um começasse a questionar a própria sexualidade. Mas logo o questionamento passou a ser em relação às regras tácitas que eram impostas a qualquer cidadão: por que deveriam querer o sexo? Por que não era suficiente passarem uma tarde juntos deitados na cama, conversando sobre qualquer coisa, ou simplesmente lendo? Muitas vezes estudavam assim: de roupas leves. Não como se não soubessem que o estudo a dois era uma ótima desculpa para qualquer coisa casual. Já havia acontecido a ambos. Só não rolava entre eles. Era assim.

Antes mesmo do último período ela já trabalhava na empresa do pai. Bastava ter o diploma para se tornar gerente de engenharia. Mas só no último período que ela o chamou para estagiar lá. Ele, que era contra qualquer tipo de nepotismo, torceu o nariz. Ok, então te convido para fazer o processo, e não vou me envolver, você vai para lá como qualquer outro candidato. Ainda que eu tenha certeza que você seja capaz de passar em qualquer processo seletivo, vou ficar calada. Nem meu pai sabe de qualquer coisa ou vai se envolver. Tá, que mal faz?

Ele entrou para outro time, e quase não a via durante o trabalho, mas mesmo depois que se formaram mantinham a rotina de encontros, ainda que mais escassa, com certa frequência religiosa. Só tinham um ao outro para trocar as confidências, para refletir sobre a vida adulta, sobre a confusão das convivências complexas com outros seres humanos que não dão a mínima, que não sabem a diferença entre simpatia e empatia.

Era natural que as suas relações amorosas viessem envolvidas em ciúme. Para qualquer pessoa seria necessário o investimento de muito tempo e energia para estar em pé de igualdade da intimidade que eles compartilhavam entre si. Mas não se preocupavam.

Após cinco anos de empresa, ele foi convidado a ser gerente e substituí-la, já que ela estava sendo promovida a diretora. Seu primeiro projeto foi a modernização de um trecho de duzentos e cinquenta quilômetros da via Dutra, de Volta Redonda à Marginal Tietê. A execução do projeto não durou um ano até que ele fosse demitido. Corte de custos, lhe disseram. Aline ligou logo após ter recebido a notícia: "Desculpa".

Conversaram naquela noite e nas noites que se seguiram. Ela disse que seu pai a demitiria também, mas antes precisava fazer o trabalho sujo de demitir quase metade dos funcionários. E pela primeira vez ela mentiu para ele.

No ônibus, em direção a Búzios, ele via as faixas correndo no centro da pista. As coisas passam rápido demais. Essa viagem lhe custara um mês de aluguel. Ao menos agora tinha um emprego que conseguira sem a ajuda de ninguém, sem conhecer ninguém de dentro.

Quase quatro anos que não se falavam. Ele não sabia ao certo se se distanciaram aos poucos, ou se foi abrupto. Lembra apenas que nunca a culpou pela demissão. Ainda que fosse uma sensação devastadora ser dispensado sem qualquer justificativa, era possível pressentir que esse momento chegaria. E não foi por isso que se afastaram. Esse assunto não estava entre os assuntos dos quais mantinham distância, simplesmente não havia mais o que ser falado. Também não era algum namorado ou namorada ciumenta.

Rodovia nenhuma teria essas respostas.

Quando ela o viu, no meio da multidão, não conseguiu evitar o sorriso e os olhos brilhantes. Todos notaram. E depois que as formalidades acabaram, e ela abraçou burocraticamente todos os padrinhos, madrinhas e familiares, a primeira pessoa com quem falou foi ele. Se abraçaram por mais de vinte segundos. Engraçado como existem momentos em festas de casamento em que todas as pessoas parecem sumir, que mesmo os recém-casados podem sumir por minutos que nenhum holofote os buscará, as pessoas se esquecem de onde estão.

Jó estava bêbado, mais do que metade das pessoas presentes. Conhecia todas as músicas que tocavam, e sabia que era uma playlist feita por ela. Para cada música podia nomear um momento, uma conversa, um gesto dela. Seus olhares se encontraram ainda muitas vezes, sob as músicas, os suores e as alegrias que habitam uma festa de casamento.

Foi durante a reprodução de Another One Bites the Dust que eles se viram cantando juntos, as mesmas letras que cantaram tantas vezes em karaokês. E sabiam a entonação exata que o outro usava em cada palavra da canção. Mesmo a metros de distância, atravessados por tantas pessoas, eles escutavam somente a voz um do outro. Todos esses anos, ela tentara contornar a existência dele. Ele, que nunca suspeitou das licitações, e confiou nos processos de concessão.

Em vinte e quatro horas, enquanto ela estivesse na lua de mel em Nantes, a polícia estaria na casa dele, com todas as provas que, meticulosamente, os advogados de seu pai construíram, à revelia da investigação, para apontá-lo como o principal responsável dos esquemas de desvio. Ela olhava para ele na pista de dança, sob as luzes coloridas estroboscópicas, tentando manter o sorriso, cada vez mais difícil.

Mar de feldspato

me entrego ou deixo a ferida aberta
MARINA SENA

Você me diz que sonhou com Billie Eilish e Alex Turner, que estavam comigo e falavam comigo. Que eu, que não sou ninguém, sorria. Mas nesse sonho eu não tinha cabelo, nem estava com as camisas largas que costumo usar. Nesse sonho também eu não calçava sapatos nem parecia particularmente tão pobre quanto sou. Eu estava com Alex Tuner e Billie Eilish. E conversávamos sobre música. Procuro no dicionário de sonhos o que isso pode querer dizer. Mas o sonho não é meu. Esbarro no significado de sonhar em beijar a cunhada. Esbarro no significado de sonhar com ex. Estou cansada, você sabe. No cansaço, os sonhos podem se prolongar dentro de outros sonhos e percorrerem semanas oníricas em algumas poucas horas sonolentas. Mas, você diz, mesmo ao lado de Billie e Alex, eu olhava para você e o meu olhar refletia uma luz clara, brilho de feldspato. Eu olhava para você com meu olhar não particularmente tão pobre. Estão todos na praia e eu escrevo, penso no tempo que perco. É sábado e leio. Todos pensam se divertir. Você sonha, eu escrevo. Não muito mais que isso. Mas sonhos não significam nada, você diz. E qualquer literatura que parta de um sonho está fadada ao esquecimento, assim como os sonhos que não anotamos, assim como quase todos os sonhos sonhados. Mas, você me diz (e essa é última coisa que você me disse), desse sonho não me esqueci e tenho lembrado dele assim como lembro de você.

Pré-vestibular

Eu vivia à flor da pele e nem percebia
DUDA BEAT

A gente voltava da escola pelo Porto só pra ver o Januário no bar, com a camisa de botão aberta até o umbigo, o peito cabeludo ao sol, enrolando a ponta do bigode com o indicador. Depois você me perguntava se achava ele bonito também, e eu dizia que sim. A gente ria até não poder mais, do mesmo jeito como há alguns anos a gente riria em conversas sobre cocô e xixi. A gente fingia que não, mas acho que o Januário notava toda vez.

Eu te perguntava se a gente teria também aquele peito cabeludo, aqueles braços grossos — as veias saltadas —, aquele bigode. Você ria e me encarava, como se quisesse mergulhar em mim.

Só no começo do ensino médio que comecei a namorar sua irmã, ainda que todo mundo da escola falasse que nós namorávamos há muitos anos. Porque eu vivia na sua casa. Talvez sua irmã tenha entendido meio errado. Mas ela gostava muito de mim. E era sua irmã afinal, vocês se pareciam em tudo — diferente de mim e de meu irmão. Na escola até faziam piada sobre isso, que beijá-la era como beijar você. Lábios, narizes e queixos idênticos. Dizem que irmãos gêmeos compartilham um mesmo corpo duplicado, por isso são tão próximos.

Eu pedia pra você não me esperar.

Mas você esperava.

E durante todo o tempo que a gente parou de conversar até de madrugada, de passar pelo Porto para ver o Januário, eu me sentia culpado, extremamente culpado por nunca ter te dito o que eu sentia, por nunca termos nos permitido.

Naquela noite que você me encontrou na cozinha, eu e sua irmã tínhamos acabado de tentar transar, mas não consegui ficar duro. Mas sua irmã parece nunca ter se importado com isso. Desculpa dizer isso, mas ela gozava fácil com minha língua e meus dedos. Minha boca ainda estava com gosto da boceta dela quando você me beijou. Puta merda. Aí naquele momento eu fiquei duro. Muito duro.

Você tinha um bigode ralo, eu sentia sobre meus lábios, sob meu nariz. Não sei quanto tempo durou. Nunca senti nada parecido com sua irmã, com ninguém. Mas voltei ao quarto. Primeiro sua irmã tentou fingir que não viu, depois tentou me chupar.

E os dias vieram e nós continuamos, como se nada tivesse acontecido. Quando eu te via era um misto de euforia e culpa. Simplesmente não conseguia mais ficar com sua irmã, ainda que fosse tentadora a ideia de estar próximo à tua presença, a alguns passos do teu quarto.

Mas não.

Depois o Januário morreu numa briga de bar, e morreu também minha infância. A gente conversou. Por horas. E íamos percebendo que nunca tínhamos falado com Januário, tudo que sabíamos era o que nossos pais falavam, o que víamos e ouvíamos durante os passeios que obrigatoriamente tinham que passar por ele. O Januário moldou nossa ideia de beleza, de sexualidade. E de alguma forma também nos aprisionou, como uma corda invisível que ao mesmo tempo que nos une, nos afasta. Como um segredo comprometedor.

Você foi embora pra faculdade, passou de primeira. Eu precisei de mais um ano no extensivo. Não aconteceu nada nesse ano, na verdade acho que não aconteceu nada na minha vida além de você.

Estou meio bêbado, desculpa. Você sabe como eu fico. E queria te mandar essa mensagem antes de tentar falar pessoalmente com você.

Será que a gente pode continuar de onde parou?

Nesta mesma cama

Os livros que mais amei, doei todos. Só ficaram os que me servem a outros propósitos: segurar a porta, elevar a mesa, apoiar a TV... Inclusive uso onze livros para deixar nossa cama mais alta. Agora estou acordado por causa do ranger da cama, acho que está faltando um, desço da cama e me agacho, conto os livros: dez. Volto para a cama, tento dormir novamente, mas já está quase na hora de acordar, permaneço de olhos abertos, ouvindo a respiração pesada do sono de Marcela. Sequer percebeu a mudança da altura da cama, para ela não faz a mínima diferença; só fiz isso para que a bunda de Olívia ficasse na altura de meu quadril quando ela estivesse deitada e eu, em pé. Olívia sim percebeu, só ela que sabe que elevei a cama com esses livros. Riu quando me levantei da cama e a puxei para a beira, falou coisa do tipo "Como conseguiu a altura certa dessa vez?". Quando terminamos, antes de ir ao banheiro, ela se agachou e olhou por debaixo da cama: "Achei que você amasse esses livros". "Esses não. Esses são livros que parei na metade, livros que não gostei ao terminar, livros que li por obrigação... Os que gostei mesmo estão em outras mãos". Olho para Marcela agora, dormindo sobre esta mesma cama. Mal nos falamos hoje em dia. Nos vemos pouco, só durante o curto início da manhã (ela vai para um canteiro de obras a dez, vinte quilômetros daqui; eu vou para a editora a um quilômetro daqui) e uns poucos minutos à noite, antes de ela mergulhar na cama. A última vez que conversamos verdadeiramente foi há cinco meses. Ela reclamou da forma como eu deixava a pasta de dente após usá-la, eu disse que não gostava da forma como ela apertava a pasta, ela me perguntou por que eu nunca havia dito isso antes, eu perguntei por que ela nunca havia dito aquilo antes. Depois falamos sobre sermos mais abertos, darmos mais atenção um ao outro, conversarmos mais, sobre irmos ao médico, sobre irmos ao dentista. Nem fomos ao dentista nem ao médico, nem voltamos a ter uma conversa verdadeira sobre qualquer outra coisa. Ainda deixo a pasta do mesmo jeito, ela ainda aperta do mesmo jeito. Na cama é o mesmo: pouquíssimo, umas duas vezes por mês — meus amigos dizem que é muito, dado o tempo que estamos casados. Às vezes penso se ela sai com alguém, mas é só vê-la chegar exausta e, em seguida, já dormindo antes mesmo de encostar a cabeça no travesseiro, cair sobre a cama que penso ser impossível ela ter energia para sair com outra pessoa e conseguir esconder isso. Eu deveria me sentir culpado, definitivamente. Mas é Olívia quem me dá força para continuar de pé e ver as cores das estações mudarem, é Olívia quem me faz ainda ter sorrisos sinceros. Há semanas, por exemplo, que eu e Olívia nos encontramos aqui nesta mesma cama três, quatro vezes. O despertador toca, Marcela apenas vira o rosto, sua respiração já está mais leve e acelerada. Finjo que durmo. Só volto a abrir os olhos quando ela se senta à beira da cama, vejo suas costas nuas. Bocejando ela se vira e pergunta: "Você pode ir lá ver se ela já acordou? Ela não pode chegar atrasada ao trabalho hoje". Aceno um "claro" com a cabeça. No caminho até o quarto dela fico pensando onde pode estar o livro, "será que Marcela percebeu?". Bobagem, não tem nada a ver... Chego ao quarto dela, abro a porta, ela já está se arrumando. "Você não pode chegar atrasada hoje, hein?". Ela sorri, "Minha mãe que falou isso, né?". Sorrio também. Quando já estou de costas, voltando ao quarto, ela me chama e tira da bolsa um livro. "Eu peguei emprestado. Esse é bom, aposto que você não leu, julgou só pela capa". Apanho o livro, e devo estar com um olhar confuso de culpa, porque ela sorri alegremente, como quem vê um palhaço. Respondo com um sorriso amarelo. Vou caminhando como por impulso, sem notar o caminho nem os objetos. Caminho como se não houvesse tempo, parece que flutuo por entre as coisas, como se o ar que me pesasse fosse feito de lama. Vou escorregando pelo corredor, sem pensar. Marcela fala comigo e vejo que já estou no quarto, de frente para ela, sentada na cama. Percebo quanto tempo se passou nessa curta caminhada entre quartos ao vê-la calçando seus saltos. "Tudo bem?", seu olhar piedoso denuncia minha postura consternada. Ela olha para minha mão: "Que livro é esse?".

A gaveta de Zeno

Guarda a chave, levanta da cadeira rabugenta e caminha em direção ao umbral. Ver a cor laranja-escuro do céu e ouvir o canto dos pássaros por enquanto vitoriosos sobre os sons de pneus o faz pensar que talvez ainda existam coisas que valham a pena. É um curto instante que lhe basta para aceitar a condição de porteiro. Essa profissão acessório tão pouco imaginada ou estudada. Até garçons fazem cursos, motoristas, faxineiras, hoteleiros, recepcionistas. Mas nada que se dedique à arte da portaria. Tem pesadelos com os acenos frios de bom dia, boa noite, com os tudo bem? que não esperam a resposta. Com os favores nunca pagos, com os sorrisos forçados e as conversas puxadas por falsa simpatia e segundas intenções indisfarçáveis. Por isso prefere o horário da noite (além do adicional, claro), imune aos tais pequenos conflitos incidentais. Tem tempo suficiente para ficar sozinho e não precisar se justificar para ninguém, para ler Dostoiévski, Foucault, Tolstói, seja lá o que for. Porque durante o dia o cabra num pode nem pegar num livrinho assim que seja que já fica todo mundo olhando torto e vêm perguntar, no maior cinismo, que livro é esse aí que cê tá lendo, hein, ô Zé? Eles acham que essas coisas são restritas a eles (nata coalhada) e proibidas pra gente que vem de onde ele vem — se é que ele vem de algum lugar. Ninguém vem de lugar nenhum e ponto. É essa mania de querer ter um lugar, uma origem e o escambau que traz tanta complicação pra esse mundinho mundão. Arre, as manhãs têm um cheiro tão bom. Cheiro de mulher jovem apaixonada, a coisa mais fantástica do mundo. E não importa o que aconteça, ela acontece, ela chega — a manhã laranja, cheia de pássaros e cheirosa. Vem acompanhada do sono irrevogável e da determinação revigorada. Volta à escassa mesa da portaria. Bebe o café frio e amargo, perscruta as gavetas num abre e fecha burocrático, esperando encontrar algo diferente do que encontrara nas últimas cem vezes que as observara. Não é o Borges que conta aquela história de encontrar as coisas só de pensar muito nelas? E ele às vezes encontra no fundo dessas gavetas uma moeda ou uma tampa de caneta que perdeu em algum ônibus atravessando a cidade. Borges nunca escreveu um conto sobre gavetas. Ah, tem aquele do punhal, claro. Mas só. Nada que centralize a gaveta como ele centraliza o espelho, ou a mala, ou o livro. E por que não? Logo a gaveta, onde você pode esconder tanta coisa, onde você pode achar tanta coisa mais. Rapaz, essa coisa de ficar pensando tanto assim de manhã logo cedo pode ser muito perigosa. Mas faz um bem danado. Se você souber pensar, claro. Ouve os passos de salto alto. Madame! E lá vai ela, o vestido vermelho e o chapéu. Uma figura deslocada no tempo. Toda quarta ela está de saída e dedica somente um 'mdia ao porteiro. Quem e por que ele não sabe, mas reflete. De todos os porteiros da rua ele é o único que sai cedo assim para ficar em frente ao prédio, observando. Há tantos porteiros naquele quarteirão, naquela rua, naquele bairro. São eles que tecem a manhã, em conversas lançadas por entre as grades distanciadas de quatro ou cinco metros. Conversam sobre o clima, sobre futebol, sobre o Nordeste, mas principalmente sobre os moradores dos prédios e suas loucuras, riem de coisa pouca e desconversam coisas sérias. Tentam desvendar preços e salários. Dois mil trezentos e vinte e sete reais até lhe pareceria um salário digno há anos. Mas pensando bem: o condomínio fica ali por volta dos oitocentos e o aluguel tem gente que chega a pagar quatro mil. Um apartamento estático, velho e acabado vale mais do que ele, mais do que suas doze horas atentas de vigília. Êta, mundo doido. E vai fazendo as contas por entre as grades, é conta que não fecha nunca e não faz sentido nenhum. É gente demais, dinheiro demais e a diferença vai ficando pelo caminho só nas conversas jogadas fora. Mas agora a rua não é nada senão uma moldura. Olha o céu de novo e se diverte em perceber que as coisas se mexeram sem ninguém perceber os movimentos, que o céu brinca de se esconder todo enquanto mostra tudo. E os pássaros vão contando histórias que ninguém tem coragem de repetir. Existe o crime perfeito? Encontra essa pergunta numa das gavetas. Volta a caminhar para fora do prédio, olha a hora que quase não passou e depois fica observando a fachada terrível. Qual seria o prato preferido do engenheiro-chefe da construção deste edifício? Qual seria a música mais cantada pelos pedreiros enquanto erguiam essas paredes feias? Tem tanta pergunta pra responder que o melhor é não pensar em resposta nenhuma e só fazer mais perguntas. Me diz aí, por que alguém sai lá do interior onde tem tudo, bicho, mato, casa, família e trabalho pra vir sofrer aqui no coração de uma cidade grande já quase morta? Sei não, sinhô. Sei não... E assim vai um paraíba (como chamam aqui qualquer pessoa que vem do Nordeste, seja do Piauí ou da Bahia) se escondendo sob o seguro estereótipo. Estereótipo de Zé, como todo porteiro só se chama Chico, Zé ou João. Ele não. Porque se ele fosse rico, seu nome, Zeno, não seria subvertido a Zé, mas continuaria intacto, Ze-no. Ele que odiava ser identificado por número, preferia 11 a Zé. Zé Paraíba? Oxe. Zeno do Ceará! Nunca teve essa coragem de responder, não assim em público. Para a viatura da polícia civil ali em frente. Vieram fazer a perícia no 1101. Pois não. Mais um assassinato no condomínio do número 13, puxa. Essa cidade é assim mesmo violenta, mas é bonita, só tem que tomar cuidado e ficar alerta. Sorri para os policiais, abre os portões para as viaturas. Tem um Brasil que soca, outro que apanha. Do lado de lá da rua vê surgir o primeiro porteiro da manhã além dele, acena em cumplicidade pelo alívio das últimas horas de serviço. Inspira aquele cheiro raro de juventude do mundo antes que venham os homens e cubram tudo com barulho e fumaça.

Três gargantas

1. Quando Roberto sentiu as fezes líquidas em sua cueca, decidiu ir ao banheiro. No caminho ainda pôde sentir o filete correr-lhe a perna. Deixou seu notebook sobre a cama. O celular também estava sobre a cama, no silencioso. Ao retornar, percebeu que o código não havia rodado como deveria: erros estavam impressos na tela. O computador travou. Ele reiniciou e não funcionou. Desligou e esperou. Quando voltou ao código, quase nenhuma de suas modificações havia sido salva, teria de reescrevê-las. A barriga o incomodou e o levou ao banheiro mais uma vez. Levou consigo o notebook. Em meio ao cheiro da própria merda, sentado na privada velha e suja, ao reescrever, esqueceu-se de declarar algumas variáveis, não indentou algumas linhas, confundiu alguns loops. O código não funcionou da forma esperada, mas não retornou erro. Estava lento, só isso. O código não rodou às sete horas da manhã, como deveria. Levou mais de três horas. Às dez e pouco seu código rodou sem problemas. Nesse horário Roberto estava novamente no banheiro, com o celular colado ao ouvido, lábios pressionados, cenho franzido, enquanto olhava para o fundo da cueca entre suas pernas.

2. João vomita sobre sua mesa, alguns respingos atingem Lúcia, que fala ao telefone. Sem palavra qualquer, brusca, solta o aparelho sobre a mesa e se levanta. Corre ao banheiro. No espelho vê sua camisa pontilhada de vômito. Não lembra que não deve girar tanto a manopla da torneira, a água jorrada ricocheteia na pia quadrada e molha sua camisa. Com pressa,

tenta limpar as manchas apenas com água. Mas o cheiro insiste. Com papel toalha, passa um pouco do sabão verde e barato. Se olha no espelho: a camisa colada revela seu sutiã, o contorno dos seios, o vômito persiste em algumas partes. Ela odeia quando isso acontece; não agora. Volta correndo à sua mesa. Cruza os corredores resoluta. O escritório inteiro, que fazia plateia para o vômito, agora a persegue com os olhos. Ao sentar, as dobras transparentes da camisa revelam mais de seus seios. Em meio ao cheiro forte, atravessada pelo interesse de dezenas de olhares, Lúcia volta o telefone ao ouvido.

3. Estaria em casa, na rede, lendo um livro velho de contos de Moreira Campos. Estaria relendo o mesmo conto diversas vezes, em busca de capturar o que me fugiu na leitura anterior. Pararia a leitura de vez em quando para sentir o cheiro do vento e ouvir a cozinha. Mudaria de posição na rede, contra o sol, para que sua luz, em vez de atrapalhar a leitura, a ajudasse. Ao ser chamado pelo grito da minha mãe, largaria o livro sobre a rede para almoçar com a família. Pescado. Riria das piadas bobas do meu irmão, que ele conta para todos, mas só para mim. Só eu rio. Estaria ainda ali se a barragem não tivesse rompido.

Um sinal que seja /
Morrer soterrada

Quando lhe perguntavam por que começou a estudar taquigrafia, ela respondia "as vozes na minha cabeça falam rápido demais e eu quero anotar tudo". Alguns riam.

Taquigrafar consiste no ato de transcrever a fala em traços, de forma que se anote tão rápido quanto se fala. Cada traço representa diversos fonemas.

Mas depois você sabe o que representa cada traço? Tão bem quanto sei o ritmo do meu coração.

Ela ficava horas na rua, traçando o que ouvia, conversas, murmúrios. Ia a palestras de todo tipo para poder transcrever falas sobre botânica, sobre termodinâmica, sobre linguística, empreendedorismo, desenho, teatro, Glauber Rocha, Clarice Lispector, Grande Sertão: Veredas, Homero. Ao final do dia já estava com centenas de folhas rabiscadas, uma língua alienígena.

Ao chegar em casa, traduzia os taquigramas. Tre-dre, ple--ble, che-je, de-te, -logia, -grafia, -mente. A etapa mais longa é o começo, as primeiras palavras, as primeiras frases; mas uma vez refrescada a memória, uma vez pescado o tema e o repertório de vocabulário era uma tradução quase automática.

Mas isso é inútil, hoje em dia existem vários softwares e aplicativos que gravam a voz e transcrevem perfeitamente. A esse tipo de comentário, ela se limitava a dispensar um olhar ok-e-daí?

Você precisa fazer algo útil da vida. Mas pelo menos existe concurso público pra isso, né? Aquele concurso do Senado que não acontece há doze anos, ou aquele da Câmara dos

Deputados, que não acontece há dez anos. Deve ter alguns de tribunais também, não?

E quem tinha que ouvir tantas vozes, quem tinha que transcrevê-las?

Foi se afastando do convívio. Preferia ouvir outras vozes para calar as suas, transcrevê-las como um ritual de purificação, meditação. Adotou um cachorro. Cresceu muito mais que o esperado, como era esperado.

Identificou que ele também tinha latidos específicos para pedir comida, para pedir para passear, para reclamar de alguma coisa, para avisar que algum desconhecido estava no seu andar. Desenvolveu também traços para taquigrafar seus latidos.

Também percebeu que seus cheiros comunicavam o que ele sentia, o que percebia, o que queria.

Passou a conversar com ele.

Transcrevia seus latidos, anotava seus cheiros, ia entendendo tudo o que falava, em sua profundidade, em suas nuances. Aprendeu a conversar. Ela que era só de ouvir vozes.

Pediu que lhe contasse uma história.

//////////

O que devem estar fazendo meus pais, e quanto tempo levarão até saberem que eu morri. Não sabem que estou no ônibus que daqui a algumas horas estará em todos os jornais. Deslizamento de terra. Que talvez ainda demore um ou dois dias para confirmarem minha identidade, minha morte. Ou mais dias. Penso no meu pai preparando suas aulas sobre evolução da escrita e formação das civilzações. Falando sobre sua nova obsessão: a semelhança entre os primeiros traços de escrita e as raízes egípcias. Como é jovem a escrita, a ideia de língua. Pouco mais de cinco mil anos. E já existem tantas coisas ditas.

Ele deve refletir sobre isso todos os dias. Penso em minha mãe no laboratório, frio como o Alasca. Óculos na mão esquerda, com a direita confere os cálculos do dia anterior em seu caderninho surrado, precioso, premiado. Não vão sentir nenhuma leve suspeita de que a filha única está morrendo. Vão se culpar por não terem tido nem a mais leve sensação de que algo havia acontecido comigo. Essa filha que foi recebida como uma conquista — depois de quatro abortos naturais, depois de uma dúzia de médicos atestar: não vai nascer, se nascer... bem, vocês sabem. Engraçado que só agora percebo que, enquanto morro, mal penso em mim. Penso mais no que pensam meus pais — e no que eu deveria pensar. Lembro de uma conversa que tivemos após um jantar. Que a vida eterna que pregam as religiões talvez não passe de uma hiperexpansão da consciência. Este último segundo pode ser expandido ad infinitum em devaneios, sonhos, impulsos elétricos em nossos neurônios. Um sonho sem fim na expansão dos segundos. Basta uma centelha de energia no corpo para que um segundo se torne anos, décadas, séculos, infinitude. Uma centelha de energia e muita persistência, devo admitir. Porque tudo isso penso enquanto areia entra pela minha garganta e pesa nos meus pulmões. Sinto algo na cintura, a barriga aberta. Alguma coisa me empurra para fora e para dentro ao mesmo tempo. Estava com os olhos abertos, porque "luz salva" — minha mãe tem um pequeno jardim, ela diz que aprende mais física com as plantas do que nas salas de aula —, mas a areia também tomou conta da vista. Uma fina camada de terra entre córnea e pálpebra. Meu pai escreveu um artigo sobre a comunicação entre integrantes de tribos isoladas da Amazônia. Foi antes de conhecer minha mãe. Ele ia escrever um livro sobre o assunto. Mas desistiu, largou toda a pesquisa. Por quê? Não fala sobre isso. Acho que foi benéfico para ele. Essa áurea de mistério pode fazer muito bem à reputação em alguns ramos de pesquisa. Principalmente linguística e antropologia. Ele ficou quatro anos na Amazônia. Apesar de nunca ter dito exatamente onde, guarda alguns objetos consigo, e já pude ver cadernos seus com letras indecifráveis, símbolos enganosos e desenhos inexplicáveis, além de uma pedrinha. Meus pais não falam muito, quase tudo que sei deles provém da interpretação de seus humores e traumas, o resto, adivinho. Queria que eles falassem mais sobre si, sobre o passado. Mas tenho um gosto inato pelo mistério. Esses grãos que entopem minha garganta poderiam ser aqueles pontinhos de poeira que pairam dentro do feixe de luz que entra pela fresta da cortina. Aquela pedrinha que meu pai guarda em sua gaveta, que eu sempre suspeitei ter algo de místico e misterioso, mas agora tenho certeza: não passa de brita, de um pedaço qualquer de rocha que ele pegou na rua só para mostrar aos alunos e dizer: eis aqui o elemento que eu guardo das tribos sobre as quais jamais falarei. Segredos de túmulos talvez não sejam bem segredos, mas escapatórias. Uma forma de se fazer interessante. E por que eu, no tempo que tive, não inventei para mim um desses segredos que me tornasse uma pessoa mais interessante? Por que só na hora da morte enxergamos a simplicidade das soluções triviais? Será que meus pais pensariam na poesia de minha morte? Engolir e ser engolida pela terra. Meu corpo livre petrificado. Frouxidão e espanto, mas não desespero. Um leve arrependimento. Este segundo infinito que insiste em não passar e minha cabeça que insiste em não morrer. A gente só morre quando quer. Talvez esta manhã tenha pensado meu pai: por que minha filha escreve quadrinhos? Por que não algo mais útil? Amanhã, de súbito, ele se lembrará desses pensamentos e se arrependerá — mas nunca contará a ninguém. Tentará não pensar nisso, se convencer de que é algo bobo, irrelevante. Mas por que não larga de mim? Mesmo quando ele estiver esquecendo de tudo, até do próprio nome ou da minha existência, ele continuará se lembrando dessa sensação, desse arrependimento imenso. Como me largar de mim. O verdadeiro entrave foi minha clara e inegociável decisão de combater toda herança que eu poderia ter dos meus pais. Esse meu perverso objetivo de ser alguém sem família, sem história que me anteceda, sem sobrenome. Longe da física, da linguística. Quando criança, à pergunta O que quer ser quando crescer, eu respondia Física Experimental. Minha mãe não conseguia esconder o sorriso. Ao meu pai se voltavam os olhares. O que há de língua na física? Tudo. Não há nenhuma linha de pesquisa robusta sobre a linguagem matemática e física no entendimento do mundo, meu pai dizia em simpósios. Estamos começando algo nesse sentido. O que deturpou tanto o pensamento humano? As primeiras sociedades sabiam muito bem que matemática é língua e vice-versa. Uma tentativa de entender o mundo — e modificá-lo. Hoje, com tanto nas mãos, ficamos apenas sentados, incapazes até de estarmos estupefatos. Toda vez que meu pai começava a falar disso sua úlcera atacava. Minha mãe não falava muito. Prefiro escrever, assim fica mais fácil de registrar, de me entenderem, de não me esquecerem. Minha mãe tinha medo de ser esquecida, de deixar seu tempo inabalável. Tudo que não é construção é inválido. Ela queria vencer o tempo. Até os cigarros que fumava tinham de ter algo fundamental para o castelo da humanidade. Sua coleção de cinzeiros era uma representação de sua incapacidade de manter a simplicidade das coisas. Nada deveria ser tão simples, tudo muito profundo e provocativo. Seus passos sempre tinham uma direção pré-estabelecida. Eu não fiz nada de especial, não fui ninguém, não disse nada demais. Meus pais vão conversar, durante as manhãs e as noites, sobre mim. Ou vão deixar tudo calado.

Vão construir esta teoria: meu anteprojeto de me distanciar de qualquer ideia de caminho ou vitória, de não ser ninguém, de não representar nada, de não adicionar nenhuma minúscula contribuição ao mundo. Mas ninguém deixa a realidade incólume. Todo pensamento é uma navalha na existência. Minha respiração curtíssima, a apineia forçada, a falta de espaço para meus órgãos: essa é minha performance eterna.

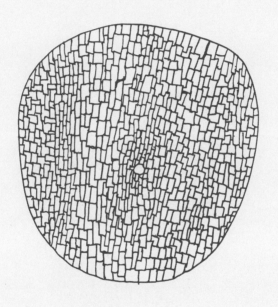

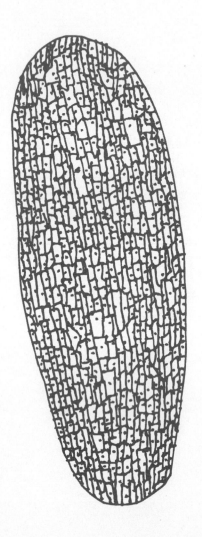

Banheiro químico

If only there could be another way to do this
KEVIN PARKER

Ele amava banheiros químicos. Sempre tentou esconder isso, mas com algum tempo de convivência era possível perceber a sua satisfação quando se aproximava daqueles blocos de plástico e seus cheiros contundentes. Talvez a explicação fosse o fato de ter transado pela primeira vez dentro de um deles durante um show do Coldplay (pelo menos foi o que ele nos disse). Nunca falamos sobre isso com ele, porque era óbvio o constrangimento.

Mas quando veio a pandemia e qualquer tipo de show ou evento era impensável (pelo menos para nossa classe social), ele precisou nos dizer que sentia falta de sair com a gente, de estar nas festas. Depois de quatro ou cinco encontros clandestinos foi que ele nos revelou, bêbado: Eu sinto tanta falta de estar dentro de um banheiro químico, dentro daquele calor único, dentro daqueles cheiros de mijo, bosta, cerveja, suor, chulé, catarro e deus-sabe-lá-mais-o-quê. Todos sabíamos, mas fingimos surpresa. Vocês também não sentem falta?

Sim, queríamos estar numa festa.

Mas com o alongamento da quarentena, com as mortes assustadoras que iam se aproximando de nós, passamos a nos encontrar apenas virtualmente. Em conversas paralelas cada um de nós ia tentando reconstruir a esquecida experiência de ir a um banheiro químico. Estávamos sempre tão felizes, esperando em filas, ouvindo a música que tocava em caixas de som imensas, enquanto o sol queimava nossas nucas, ou enquanto a escuridão da noite se estendia. Tentávamos não ligar pro cheiro ou pra aparência, mas em nossas lembranças eles estavam lá: cheiro e aparência.

Antes da terceira ou da quarta onda, combinamos de ficar umas semanas numa casa na serra, com uma boa internet, com preços menores que na cidade.

A casa tinha quatro banheiros. Mas quase sempre usávamos o que ficava na sala, por ser mais próximo. Tínhamos água e a descarga funcionava perfeitamente. De uma forma tácita, ninguém dava descarga.

Ele passou a ficar cada vez mais tempo dentro do banheiro, às vezes colocava músicas para tocar em seu celular. Todos podíamos ouvir.

A verdade é que o nariz humano se adapta a qualquer cheiro. Aprendemos até mesmo a gostar. O vaso sanitário, além dos odores, também irradiava um calor próprio.

Era um fenômeno artístico: a cada dia aquela massa que se juntava dentro do vaso ganhava novos contornos, novas cores em inúmeros tons de marrom, âmbar, terrosos, amarelados, esverdeados. Era uma obra coletiva. Como admitir a sensualidade desse cheiro, esse corpo da aura que revestia aquele banheiro? E mais: a nostalgia dos shows, dos festivais, dos carnavais, das pessoas se aglomerando, suadas, felizes, cansadas, sujas.

Claro que não era a mesma coisa — inclusive alguém sempre dava a descarga quando começavam a brotar bichinhos das entranhas daquele amontoado de dejetos. Mas faltavam as garrafas, as latinhas que também ficavam boiando nos lagos químicos, aquela cueca suja de fezes, aquela calcinha suja de sangue, aquele absorvente, aquele rolo de papel higiênico. Também incorporamos isso.

Num sábado à noite, enquanto conversávamos sobre um episódio que havíamos acabado de ver na Netflix, ele comentou: E se comprássemos um banheiro químico?

Ninguém queria admitir, mas sabíamos que seríamos mais felizes. Eventualmente.

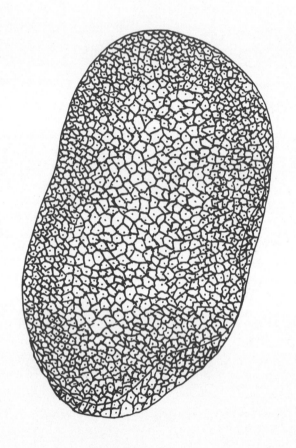

Algemas e sabão

Você está tomando banho e ouve um barulho vindo da sala. Parece alguém batendo à porta. Você fecha o registro do chuveiro para ouvir melhor. Com sabão sob as axilas e um pouco de condicionador nas pontas dos cabelos e nos ombros. Ouve a porta abrindo. Se enrola na toalha, a segura com uma mão ao redor do corpo, e caminha, escorregando, sentindo a pele melada de sabão e condicionador. No caminho, passa pela cama, vê o lençol embolado e se pergunta se mais alguém deitou ali. Será que tinha fechado a porta? Talvez seja só o vento. Ou alguém entrou, aquela pessoa que parecia seguir você desde que desceu do ônibus. Ao chegar na sala: cinco policiais apontam suas pistolas para você. Mãos pra cima, porra. Bora! Levanta os braços e a toalha cai, um frio afiado invade seu corpo nu, exposto a ameaças tácitas e hostilidades imprevistas. Um sexto vem da cozinha, você o ouve se aproximar das suas costas e puxar seus punhos. Algemas. Não havia palavra qualquer em seu pensamento, mas sons involuntários saltam à garganta, como bichos enjaulados há muito procurando uma última réstia de liberdade. Que porra é essa? O que vocês tão fazendo? O que eu fiz? O que é que tá acontecendo? Que porra é essa? Você tem o direito de permanecer... Quê? Você recebeu convocação para depor na delegacia... Do que vocês tão falando? O que é que tá acontecendo? A ideia da sua própria nudez inflige vergonha. A necessidade de se esconder sob uma roupa, sob mil tecidos. Preciso de uma roupa! Daria tudo por uma pele seca, sem aquela umidade escorregadia. Uma roupa para agasalhar as partes mais frias e vulneráveis. Ei! Senta aqui e conta pra gente logo o que você sabe. Do que vocês tão falando? Conta tudo pra gente e a gente agiliza logo isso e pode até te deixar sair. Ao sentar, percebe como transfiguraram sua casa. O sofá está rasgado, os livros revirados, páginas espalham-se pelo chão, a televisão no chão, as cadeiras sobre a mesa, a estante oblíqua à parede. Escuta barulhos vindos da cozinha e dos quartos. Olha para os pés e para os fios d'água formando uma poça entre os azulejos. Sargento. Que é? Dois homens cochicham ao seu lado, um deles mostra papéis como se houvesse acabado de descobrir um segredo da matemática. Porra, Adriano! Uma cãibra se estende do ombro ao cotovelo, os pulsos formigam e parecem inchar. Tá apertando. A gente tá no lugar errado. Vamos embora daqui. Um rosto novo surge à sua frente, diz que vai ficar tudo bem. Foi um mal-entendido. Como assim mal-entendido? O que é que tá acontecendo? Vocês arrombam minha casa, vêm aqui, reviram tudo por um mal-entendido e vão embora? Que porra é essa? Vocês não podem fazer isso. Não. Eu moro sozinha. Sozinha! E vocês vêm aqui armados, apontado armas pra mim dentro da minha casa, no meio do meu banho. Eu tô nua, porra, nem pude me vestir. Nem pude me secar! Senhora, calma, senhora, já falei que tá tudo certo. Não foi nada demais. Podia ter sido pior. Ele sorri, puxa um catarro da garganta e estende a mão ao seu seio, aperta. Podia ter sido muito pior. Enfia aquela mesma mão na cueca, olha as unhas, em seguida a leva ao cinto, puxa uma chave para retirar as algemas. Ao retirar as algemas, passa as unhas em suas nádegas. Solta ar quando sorri. Vamo embora, pessoal. Eles saem e ficam as formas de bota e sujeira. Tudo está nu, exposto e destruído. Você havia acabado de chegar em casa. E ela não existe mais.

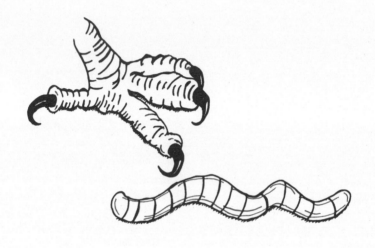

Barriga e ferida

Uma mesa de ferro enferrujada.

A mulher, que segura um bebê, olha para a barriga da filha sentada na cadeira de plástico.

Uma cadeira de plástico com a logo desbotada de uma marca de cerveja.

A filha veste a farda do colégio, manchada de sangue na altura do ombro e na gola.

Poderia ser ketchup, mas é sangue que caiu da ferida em sua testa.

Ela parece sorrir, sutilmente, com um ar de orgulho ou de vitória.

O homem entra pela porta semiaberta e olha para as duas, suspira.

A filha olha para a camisa xadrez que ele veste, aberta até a altura do umbigo.

Seu peito cabeludo, os fios pretos como nuvens em dias nublados.

Quando um bebê começa a chorar, a filha faz menção de se levantar.

A mulher não precisa falar nada, seu olhar repreensivo diz à filha para continuar sentada.

Balança um bebê.

O homem senta à mesa com elas, com sua garrafa e seu copo.

O som seco do vidro contra o ferro faz a filha piscar os olhos.

Alterna o olhar entre os pequenos punhos cerrados de um bebê e a ferida da filha.

Passa a unha do indicador no bigode, suspira.

A ferida ainda não parou de sangrar, um sangue escuro corre devagar ao lado de seu olho.

Os lábios comprimidos da mulher, seu olhar baixo.

A filha vê, sob a mesa, o movimento nervoso do pé da mulher.

O pomo de adão do homem se movendo a cada gole.

Seus dedos grossos em volta do copo.

É fim de tarde e, à meia luz do sol, as roupas no varal da vizinha formam sombras tremeluzentes sobre as paredes.

O choro de um bebê se intensifica em gritos agudos.

O homem vê, através do copo, o corpo disforme da mulher, o rosto indefinido, alongado.

Tira do bolso um maço de cigarros, só tem mais um.

Tira o cigarro e joga a caixa vazia sobre a mesa.

Apalpa todos seus bolsos à procura da caixa de fósforo.

Não encontra.

Mesmo assim põe o cigarro na boca, apagado.

O cigarro vai se enchendo de saliva e se curvando.

Um bebê chora e a mulher olha para a barriga da filha.

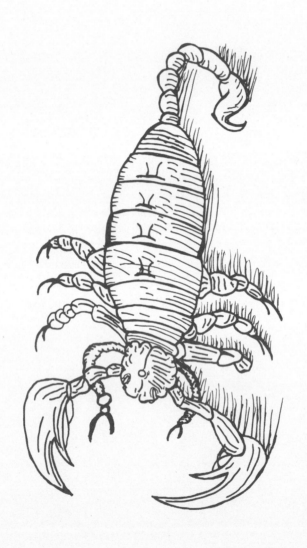

Punhetas

Durante um período de minha adolescência era muito comum que me deparasse com homens se masturbando em banheiros públicos, em frente ao mictório ou à pia. Alguns fingiam não me ver, mas outros me olhavam ou até mesmo me chamavam, com sussurros, com a mão livre. Vi dezenas. Dezenas de rolas, de mãos, de vermelhidões. Aquelas imagens se imprimiam na retina das minhas lembranças. Eu fechava os olhos e via o negativo da imagem: a pose curvada, o pênis na mão, indicando uma direção inexistente. A primeira vez me causou um desgosto tremendo, uma ânsia. Mas, em choque, apenas mirei aquela mão ofegante que ia e vinha. Eu mesmo não tinha muita experiência em matéria de masturbação. Tinha meus onze anos, e tudo relacionado a órgãos genitais desaguava em piadas. Mas, parafraseando Hans Henny Jahn, quem encontra um homem batendo punheta que se prepare, pois começarão a chover paus.

Logo depois da segunda ou da terceira vez que presenciei uma dessas cenas, no banheiro de um shopping, apenas me virei e segui caminho. Mas as imagens não me impressionavam menos. E por coincidência ou não, começou a temporada de armadilhas na escola. Os alunos das séries mais altas nos encurralavam, abaixavam nossas calças, riam. Pintinhos, que pequeno. Como tu bate punheta? Esse seu rabinho deve ser tão apertado que não passa nem um fio de cabelo. Tem que fazer a pinça com os dedos para dar certo, né não? Vê o que é um pau de verdade. Quer tocar não? Eles apareciam em qualquer corredor, em qualquer lugar um pouco mais escuro. Até na rua de casa, as brincadeiras já não tinham graça para nós que éramos menores. Quer brincar de gato-mia[1]? Eu nunca sabia quando ia ficar duro. Geralmente não tinha qualquer controle. E, naquela época, não era uma questão de imaginação ou de mão. Passei a ter mais medo do meu próprio corpo do que tinha de alienígenas (eu chorava sempre que pensava ter visto um OVNI no céu, ou quando achava ter ouvido o som das vozes dos ETs, nada me apavorava mais do que os vídeos que circulavam sobre supostos seres de outros planetas). Eu tinha medo do que era meu corpo e do que ele podia fazer.

Depois de ter visto meia dúzia de homens se masturbando, passei a assisti-los sem os encarar. Um desconforto compartilhado. Muitos desistiam. O maluco pervertido passou a ser eu. Só um que não desistiu. Me olhava como eu o olhava, e sussurrava qualquer coisa. Não trocamos uma palavra e eu o vi gozar nas próprias calças.

Eu não tinha escolhido andar com algo tão perigoso entre minhas pernas, mas queria acreditar que poderia fazer algo de bom se o domasse. Aprendi com tudo que pude encontrar facilmente na internet.

A primeira pessoa que viu meu pau túrgido e erigido, envolto por minhas mãos, com a cabeça roxa de inchada, foi minha mãe.

---

1   Gato-mia é uma brincadeira infantil em que uma criança, chamada de "pegador", tenta encontrar as demais em um quarto escuro. Ao tocar outra criança, o pegador deve falar "gato, mia", ao que a criança tocada deve responder com uma imitação de miado de gato. A partir disso, o "pegador" deve adivinhar quem é a criança tocada, apenas pela voz. Sugere-se que a brincadeira seja realizada por crianças de idades muito próximas, ou do mesmo sexo, e sob a supervisão de um adulto — o que raramente acontece na prática.

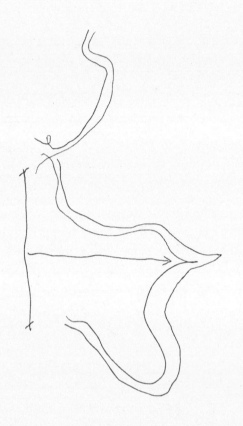

Santo

No hablo tu lengua, pero puedo intentarlo.

¿Cuánto tiempo lleva matar a alguien sofocado? Yo siempre me pregunté eso, hasta el día en que lo aprendí. Se lleva entre dos o tres minutos. Mucho tiempo, parecen horas. Aquí, en la frontera todo tiempo es demasiado. ¿Por qué sigo haciendo lo que hago? Todos los días: arrumar la cama, pasar los lençóis, hacer la barba, engrasar el coturno, encarar el fregadero, pasar por la puerta, salir al sol. La disciplina de un militar es muy similar a la de un prisionero — un hombre muerto.

Durante el día, sustento mi rifle, no hago mucho más. Por fin de la tarde nos embreñamos en las matas atrás de gente, pura e simplemente gente — para matar. Feito caça mesmo. En la fronteira todo se puede. Mas, diferente da maioria que vem servir no 8º Batalhão de Infantaria de Selva, eu não vim aqui só para caçar gente y violar a las mujeres, vim para pegar uma escultara de Santo Inácio de Loyola. Mi hermano la había visto en la casa de Pietro Ambrósio (uno dos jefes del tráfico en la tríplice frontera). Después de la investida, la jugaron en la mata, no en lo rio, porque la querían rescatar. Pero todos de la troupe murieron, solo mi hermano sabía de la santa imagen. Él quería pegarla, extraoficialmente, quería llevar hacia la habitación. "Brother, when I saw that image, I understood almost everything. Almost everything. I believe if I looked at it for enough time I could solve any problem in the world, I could do marvelous things, write unbelievable stories. But I'm afraid I don't have time to look for it in the jungle, soon I'll be gone from here". Mi hermano? Não, ele morreu numa missão do Greenpiece en el Pacífico. Él no era ningún ambientalista, él solo quería la adrenalina. Entende? Era um escritor, un puta escritor. Queria ser à la Hemingway, mas estava mais para Moreira Campos. No que sejam muy diferentes. Foi soldado para registrar histórias, era ambientalista pela adrenalina, vivia pela literatura. Murió en un maldito barco de pesca.

Tá vendo esse pingente aquí? Vês? É Santo Inácio de Loyola, uso assim para que seja testemunha y cúmplice de tudo que faço por ele. Aqui me chamam de lobo, porque saio para caçar sozinho em noites de lua cheia. Não sabem que saio a procurar nesse mato esse santo (lua cheia tem a melhor luz para encontrar coisas na selva).

En el começo era tudo uma fantasia, un maquillaje, este uniforme, este cabelo, este quarto: tudo una excusa para apanhar el madito santo — incluso los asesinatos que cometió. Sim, matar homens é muito mais fácil do que matar mulheres. Na hora de dormir penso nas mulheres, nunca nos homens. As mulheres te perseguem nos sonhos, nos cochilos. En mis manos tengo impressas las caras de cada mujer que maté. Por más que tome baño, mi cuerpo huele a los perfumes de estas mujeres. Mi hermano que hablava: at least, be kind with woman, talk to them before u kill'em.

Pero su escritor favorito era Ray Bradbury. Le gustaba el sentimentalismo humano delante de las tragedias. Trago todos sus libros favoritos conmigo, sim-sí. También le gustaba Sagarana, de Guimarães Rosa, pero de ello solo este libro, odiaba Grande Sertão: Veredas, por ejemplo.

Ha hablado demasiado contigo, compañera. Bien, la muerte es la intimidad máxima que dos personas pueden compartir. Quizás es por eso. No tengo mucho más tiempo, siento que o santo está aquí. Cercano.

¿Lo sientes también?

um teste

aqueles pontinhos de poeira caindo em espiral no meio do facho de luz. os cantos dos pássaros e dos macacos o vento nas folhas das árvores. o calor úmido. o amargo nas bochechas. a lembrança de lamber o dedo coberto de sal o olhar repreensivo da mãe. o vento abre espaço para batidas abafadas como uma manada cada vez mais lenta mais lenta mais difícil de bater. como uma manada cada vez mais difícil de bater ele sussurra por entre os dentes cerrados. se tivesse prestado mais atenção em como eles seguiam os rastros da caça. um incidente ele sorri. um incidente assim nada demais. tinha sido avisado carrega a culpa e o fracasso sozinho. a forte luz que antes o cegava vai se azulando e então escurecendo pequenas explosões de escuro no meio da sua vista. a respiração ofegante se acalmando numa paz terrível sob um peso indecifrável. ouve o típico grito quehueruno e — alívio e apreensão — tenta responder mas sua garganta é capaz apenas de produzir um silvo quase inaudível. algo em sua perna se enrosca puxa aperta. as pontas dos seus dedos arranhando a folhagem revelando uma terra muito vermelha as unhas acumulando areia. a gente acha ele pensa a gente branca acha que teria algo de especial mas não há nada a não ser lembranças esparsas e o indomável momento. segundos antes de apagar quando só lhe sobra uma sombra de visão sob as pálpebras avista o sorriso de Curaray um sorriso de genuína satisfação.

Para se tornar um líder da tribo bastaria matar o mais velho. Eles o seguiriam até o inferno.

Acorda ao lado de uma pequena fogueira, ouve o canto das mulheres vindo de fora, conhece aquele canto. Curaray lhe oferece o caldo em uma cuia feita de ossos com o mesmo sorriso. A tinta vermelha em sua barriga e a pulseira de cipó indicam aprovação. Era o que buscava, mas não mais o que queria. Como iria, em sua pequenez de falso explorador, executar sua missão? O interior da cabana parece mais leve e mais claro do que se recordava. Está nu. Pela pequena abertura da cabana vê, sem surpresa, que o sol se move numa velocidade lancinante, dia e noite se alternam em minutos. Ao encostar os lábios na cuia, vê os olhos de Curaray se fecharem num sinal afirmativo. O caldo tem um sabor amargo, aquele mesmo percebe que está sozinho na cabana e não vê nada que indique sua missão seu ocidente suas roupas sua mochila ou a faca que trouxera o mundo inteiro está escuro e ainda está caído entre as vigorosas árvores rodeado por bichos sem nome o dilema da traição entranhado nas veias

Da brutalidade da empatia

*Não é exagero afirmar que a cultura clássica de
Tlön compreende uma única disciplina: a psicologia*
JORGE LUIS BORGES

— Eu acho que nunca saí de lá. Estou sempre naquela sala,
sentado, esperando pela resposta, ou melhor, pela confir-
mação. Enquanto isso, espero, olhando para aquela parede
insuportavelmente branca. Minha vida nunca seguiu adiante,
e tudo é só um pensamento, um devaneio que, por mais longo
que seja, não consegue superar o sentimento de saber e não
saber ao mesmo tempo, de não temer nada por ter medo de
tudo — enquanto eu falava, ele me olhava fixamente através de
seus óculos, constantemente afastando seu cabelo da testa ou
pondo para trás da orelha o cabelo que a cobria ou limpando
seus óculos, que, por sua vez, empurravam o cabelo novamente
para sobre as orelhas. Eu não sei, mas acho que é isso que me
bota neste estado de tensão, nesta ansiedade interrompida
por rápidas euforias. Mas são euforias bestas, causadas por
um breve esquecimento de que, não importa o que eu faça,
ainda estou na sala, sentado, esperando, sem ter ideia do que
acontecerá em seguida.

Na sua mesa: Dr. Percival, me acostumei a chamá-lo
de Perci — ele sempre sorria ao ouvir o pronome que criei.
Conheci-o há cinco meses e pela primeira vez (após cinco
anos, três psiquiatras, dois psicanalistas e seis psicólogos)

realmente podia sentir alguma evolução naqueles encontros tão desconcertantes e por vezes insólitos. Perci, mais do que qualquer outra coisa, tinha o dom de ouvir, mais do que qualquer outra pessoa. Falava muito pouco, mas eram palavras sinceras e, apesar de ter sempre pensamentos e conselhos sofisticados, não pareciam ser calculadas, pois quem falava para ele tinha a certeza de estar sendo ouvido. Sempre parecia se concentrar tão somente em ouvir, era como ser a pessoa mais importante do mundo.

Nunca poderia imaginar (até hoje desconfio muito das suas reais motivações e às vezes me pego refutando minhas próprias interpretações dos fatos) que Perci faria o que fez, que pensava como pensava e se divertia com assuntos tão absurdos e sombrios. Na verdade, não é algo surpreendente, para ter o talento que ele tinha é necessária certa loucura e certo deslocamento do senso comum. Talvez todo o charme dele residisse exatamente nisso: ser um humano tão envolvente quanto misterioso — e calado, na medida do permitido pela sua profissão.

Antes de seguir é importante dizer o que eu deveria ter dito no começo: esta é uma história real, sobre psicólogos de verdade. Poderia ser uma reportagem. Quem a publicaria? Contar esta história é como falar de suicídio, pode ter efeitos extremamente negativos em muitas pessoas (como em muitos amigos meus). Definitivamente não é uma história para quem precisa de tratamento psicológico (e, se não fosse tão clichê, eu insistiria que todos nós precisamos). É uma história sobre como eu e tantas outras pessoas se tornaram personagens macabros no círculo formado por psicólogos inescrupulosos — a maioria, talentosa — e que encontraram, em suas vocações, não só uma forma de viver e ganhar dinheiro como também se divertir.

Esta não é uma história para entreter, nem denunciar, tampouco advertir.

— E quando você entrou nessa sala?

Aquela pergunta me fez lembrar do primeiro médico que procurei logo depois que desisti de afundar ainda mais fundo em meu pulso a navalha que usava para me cortar: doutor Romero, psiquiatra.

É muito vívida ainda em mim, depois de cinco anos, aquela sensação esquisita de estar na sala de espera, ver pessoas entrando, pessoas saindo, pessoas esperando, tudo numa velocidade, no mínimo, imprudente — eu pensava. Absolutamente todas as pessoas ali tinham o olhar de quem não consegue se olhar no espelho, o cheiro de calmantes e os modos em câmera lenta, todos pareciam se conhecer e se cumprimentavam com uma simpatia não de amigos, mas de cúmplices. Na verdade, havia apenas uma pessoa ali fora dessa sintonia mórbida: Clara — quem futuramente me ensinaria as formas mais dolorosas de se matar, as melhores formas de se cortar, o segredo para fazer sangrar sem parar, o que fazer para sangrar apenas o suficiente e como nunca deixar a morte tomar conta, por mais que parecesse a coisa mais sensata e acalentadora. Clara foi quem me redefiniu o fundo do poço, me levou a profundezas inimagináveis e ao mesmo tempo me manteve tão vivo e puro em tanta tristeza. Clara foi a coisa mais viciante que já encontrei.

— O próximo é você. É naquela sala em frente.

O cheiro de cigarro, água sanitária e colônia barata da sala de espera é substituído por cheiro de cigarro e naftalina do consultório.

— Então, o que te traz aqui?

— Eu não sei muito bem... Tudo está muito esquisito ultimamente, muito mais do que o de costume. A realidade como que se quebrou para mim e não há nada que eu possa fazer para consertar. Sei lá... Acho que estou muito mal. Creio que deveria ter medo de mim mesmo, e não tenho, o que é pior. Eu queria descobrir o que posso fazer para melhorar, nem que seja um pouco e...

— Você tem sentido um tesão maior ultimamente? Tem desejo de gastar mais dinheiro com coisa fútil? Tem momentos eufóricos seguidos de momentos de tristeza e solidão? Veja bem, qualquer distúrbio mental... A depressão, por exemplo, vamos pegar a depressão como exemplo nesse caso, é apenas uma inflamação localizada no cérebro, algo que você pode controlar com remédios. Nada demais, não existe mais nada além disso. E é cientificamente comprovado, viu? Toda essa história de psicanálise, de psicologia... Isso, na maioria das vezes, é bobagem. Só às vezes, muito raramente, é que é uma medida para quando o medicamente não está fazendo efeito — o que, repito, é raro de acontecer, principalmente se o médico identificar o problema e receitar os medicamentos mais adequados. É simples assim. Você tem algum histórico de distúrbio mental na família?

Bastaram mais quatro ou cinco frases para seu veredito: o que você tem é bipolaridade, tome carbolitium duas vezes por dia.

Essa foi minha primeira experiência na tentativa de melhorar — e fiquei puto. Não pude evitar o pensamento: quantas pessoas tinham passado por ali naqueles curtos minutos em que estive esperando? Umas vinte. Isso é o tráfico legalizado, esses médicos estão viciando pessoas sem esperança. As pessoas querem acreditar que melhoraram quando na verdade apenas abriram mão de ser livres em troca de um falso controle, em troca de falsas alegrias e da euforia passageira tão minha conhecida.

Foda-se.

— Esse cara é um merda. Eu já não suporto mais essas pessoas, nem o cheiro desse lugar. Só venho porque meu pai me obriga. Para ele eu não minto, mas odeio o doutor Romero, tudo que ele faz, tudo que ele representa.

Conheci Clara no elevador, descendo. Ela perguntou por que eu estava ali, disse que eu não tinha cara de zumbi como todos que frequentavam a clínica, que ela preferia que eu nunca chegasse a ter cara de zumbi — e para isso eu não deveria nunca mais voltar a ver o doutor Romero.

Voltei outras tantas vezes na tentativa de reencontrá-la na sala de espera, o que só aconteceu depois de muitas vezes doutor Romero ora fingir que acreditava na minha melhora, ora indicar doses maiores, ora mudar completamente a prescrição. Eu a chamei para sair. Você quer foder comigo? Fiquei mudo, com uma expressão, creio eu, atônita. Digo, no bom sentido da palavra, se é que é bom, transar comigo. Ainda mudo, eu apenas funguei como se risse — forçadamente. Ah, que se foda, vamos sair. Clara e eu nunca transamos.

— Você deveria ver a doutora Silvana. Ela foi muito boa para mim.

Silvana havia sido a última psicóloga da mãe de Clara, que se jogou do apartamento onde moravam — 1313 — há sete anos.

Eletrochoque, psicologia, transtornos, esquizofrenia, valium, cigarros e remédios: afogar-se.

— O que você tá fazendo aqui?

Silvana era o tipo de mulher que parecia um ímã para os olhos, quase impossível de desgrudar, não por beleza ou alguma sensualidade sua, era sua presença, seus gestos: Ela sempre tinha algo de arrebatador. Talvez por isso, por mais que eu falasse, me sentia mudo diante dela e tinha vergonha de contar outras coisas, principalmente das coisas que fiz na tentativa de encontrar diversão ou prazer mais sujos do que meus pensamentos mórbidos, mais intensos do que minhas tristezas — e que superasse ambos -, mesmo assim ela parecia saber cada uma das minhas ideias, tudo que fiz sozinho e tudo que eu imaginava com ela. Bastava uma pergunta sua para me desarmar. Todas as vezes eu me entregava, fácil. Apesar disso, nunca senti nenhum conforto, pelo contrário, cada encontro era mais perturbador, minha angústia crescia na proporção em que Silvana tomava conta de meus pensamentos. Foram muitos encontros até o dia em que "o que você acha de conversarmos fora daqui, em um lugar mais aberto? Como amigos mesmo. Um restaurante, um bar, uma praia..." e combinamos ir a um bar à beira da praia. Esperei-a por quarenta minutos (enquanto esperava era como estar no centro de um palco, sendo observado das mesas ao redor), logo que a vi na porta da entrada, percebi: ela era muito a sala do consultório em que conversávamos durante as sessões, fora de lá não tinha toda aquela presença, muito menos a aura poderosa. No momento em que se sentou ao meu lado, foi como se a tensão no ar (causada pelos meus supostos espectadores) desse lugar a uma atenção concentrada (a sensação de ter plateia ao meu redor aumentou). Nossa conversa foi empurrada por frases estéreis (na curta e desconcertante hora que durou muitas vezes fez-se silêncio como que para nos ouvir), frases desmanchadas no ar rapidamente, frases cujas respostas cabiam em monossílabos. Penso que, talvez, ela tenha sentido o mesmo sobre mim: fora daquela sala eu fosse só mais um homem desinteressante, com pensamentos sem graça e sentimentos pobres. Ao fim tiramos uma foto azeda, sorrisos amarelos, como que para registrar que aquele desastre de encontro havia sido real.

— Há muito tempo, quando me disseram que... Quando me disseram... Bem, você sabe. Mas a verdade é que entrar na sala foi como entrar em mim, a primeira vez que estive na sala foi como voltar a ela mesma. Lembrar de coisas esquecidas por tanto tempo é sempre muito doloroso, não importa o teor das lembranças. Essas lembranças me atacam, muito esporadicamente, porém quando atacam me derrubam uma queda quase impossível de levantar. Nessa sala fui atacado por uma das lembranças mais devastadoras, uma dessas que fica no fundo, no centro da gente, que a gente não gosta, mas se mexer um pouquinho... é capaz de derrubar tudo. A lembrança que essa sala guardava, principalmente pelo cheiro, era muito antiga: [ele está tão curvado que seus cabelos quase tocam o chão, mesmo sem ver seu rosto — voltado para o chão -, Percival vê suas lágrimas pingando no chão e formando duas pequenas poças, também vê que as mãos dele tremem ao segurar a cabeça e mal tentam enxugar as lágrimas, ele soluça] A creche, as tias da creche, as tardes lá, as noites lá, o banheiro da creche, o quartinho da creche, a tia Gorete... [ele balança a cabeça, sua voz embargada emite sons impossíveis, levanta o rosto inchado, molhado, com os olhos vermelhos] Quem sabe o que é isso? Porra... Eu tinha cinco, seis anos. Quem acreditaria? Ou pior: quem levaria a sério? Merda... Você sabe quantos amigos meus se mataram? Para mim sempre foi uma coisa óbvia: a questão era quando, precisava encontrar a forma mais dolorosa, que doesse mais do que carregar isso em silêncio por anos, sabendo e não sabendo, que doesse mais do que lembrar, que doesse mais do que a morte dos meus amigos. Minha vida já começou destruída, e isso me moldou. Se matar já é tão clichê. E meus amigos... Eu não sei. O que eu posso fazer? Eu precisava, era um caminho claro. O que mais pode haver para alguém como eu? Tudo que encontro são marcas, no máximo cicatrizes. Quando você se vê sozinho, sem nenhum lugar, sem nenhuma ideia, sem ninguém. Ninguém poderia me responder, nem pode, nem tem o direito, ninguém é capaz. Primeiro ou era o ódio ou o desprezo. Depois só a tristeza. Agora... Nada mais. Aliás, sabe o que é não conseguir amar nem seus próprios pais — e não se sentir tão filho deles quanto seu irmão —, se sentir um intruso, culpado por qualquer merda? Hoje penso que foi por todas essas coisas, mas tudo começa na creche, tudo começou com as tias. E culpei meus pais por não terem feito nada, por não terem entendido, por não terem percebido, por não terem perguntado, mas principalmente por me largarem toda tarde naquela creche. Essa culpa, esse sentimento, eu entendo ser irreversível, por isso fugi, por isso me afastei. Quando eu tinha dez anos, certa noite, num parque de diversões, vi uma dessas tias da creche, sem saber por quê, comecei a chorar copiosamente, chorei a noite inteira, com um sentimento vazio, algo parecido a desconsolo, mas vazio. Ao responder meu pai, minha mãe atribuiu o choro ao meu medo de alienígenas, que eu devia ter visto algo no parque que remetesse a isso. Sempre me impressionei facilmente portanto sempre foi muito fácil para meus pais justificar tantos choros descabidos, que me acompanharam a infância e a adolescência. Sabe do que eu mais lembro da minha primeira infância? Da minha mãe dias a fio na cama, tomando seus remédios, do meu pai me afastando da porta do quarto — pela qual era possível ver o olhar vazio de minha mãe, seu corpo na mesma posição sobre a cama. Não consigo olhar para meus pais, sempre me bate esta tristeza, este desespero, esta angústia, uma saudade de quando eu nem precisava pensar em nada ou entender qualquer sentimento, tentar encontrar de onde vem tanta tristeza, tanto deslocamento. Odeio ver fotos minhas de quando criança, porque não vejo a mim ali, na verdade nem vejo o filho dos meus pais. Vejo uma criança que nunca existiu. Já estive... Este meu peito está destroçado, doutor.

Quando mostrei a foto para Clara, ela riu — eu amava ouvir o som do seu riso —, ficou alguns segundos olhando concentrada, em silêncio.

— Eu acho que conheço esse cara — apontou um homem de cabelos grisalhos, no canto esquerdo da foto, um dos que me olhavam constantemente — E esse aqui também — apontou para outro homem no canto direito, que parecia tentar esconder seu rosto com um copo.

— Como assim?

— Já foram psicólogos meus, me consultei com eles, esse aqui há muito tempo atrás, mas esse outro era da clínica em que fiquei internada.

Mas que porra.

— Você quer falar sobre isso? — a luz amarela parecia cair sobre eles como chuva fina, Clara olhava para os livros, títulos já tão conhecidos seus (ela poderia dizer quais livros mudaram de lugar e quais o doutor mais consultava).

— Na verdade, eu poderia ficar falando sobre isso por dias. Mas preciso dizer só uma coisa — ela deixa cair ao seu lado a mão com que, sob a camisa, coçava o ombro — Se eu pedisse pra me bater, podia me bater, se eu pedisse pra me amarrar, podia me amarrar, se eu pedisse pra me morder, podia me morder, se eu pedisse pra me torturar, podia me torturar, se eu pedisse pra me foder, podia me foder. O problema é que, daquela vez, eu não pedi nada disso.

Clara ficara naquela clínica por quatorze meses, uma semana e três dias.

— Eu ainda tenho o contato de um deles. Acho uma puta coincidência ambos estarem lá nessa mesma hora, você e a doutora Silvana também... Não, tem alguma coisa errada nisso. Acho que ela quem os chamou. Você falou com ela depois disso?

No dia seguinte, ao ir, na mesma hora de sempre, ao endereço da doutora Silvana, o porteiro falou que ela havia viajado, talvez algo urgente, talvez férias, mas não atenderia mais naquele endereço, já que havia devolvido a sala, e não havia deixado nenhum novo endereço. Liguei para seu celular, cujo número havia me passado há uma semana. Caixa postal.

Não consegui falar com ela.

— Consegui falar com um dos psicólogo que vimos, marquei consulta para a semana que vem.

Tudo que conversávamos, eu e Clara, era sobre suposições e conspirações dessa coincidência, das quais a mais verossímil era que Silvana havia chamado dois colegas para caçoar de um paciente supostamente apaixonado por ela.

— Você acredita que ele quase me chamou para sair? Eu disse que o vi numa foto, também falei de Silvana, ele ficou branco feito pó de arroz. Daí disse que nunca deveria fazer o que estava prestes a fazer. Me passou um link de um drive. Eles compartilham histórias de pacientes.

— Meu pai me contou essa história, ele é taxista. Era madrugada, ele já estava quase voltando para casa, já fazia mais de uma hora que rodava sem passageiros. Quando passou pela Tijuca, na Conde de Bonfim, uma mulher em frente a um prédio altíssimo, o mais alto da região, fez sinal para ele. Ela entrou em silêncio. Ela parecia estar chorando, e ele preferiu não falar, pois sabia como era se sentir como aquela mulher se sentia (pelo menos supunha). De toda forma, eu sei que, muito provavelmente, ele conhecia bem a expressão que aquela mulher carregava. Por alguns minutos meu pai seguiu por ruas aleatórias, tomando o cuidado de estar na mão certa, sem se preocupar com o destino final, tampouco exigir isso da passageira. Quando ela falou: "Olha, na verdade eu preciso ir para Niterói", ela estava quase chorando e era muito perceptível, apesar da sua tentativa de disfarçar o embargo na voz. "Você poderia me levar lá?" Acho que ele deve ter coçado a cabeça nessa hora, porque é bem óbvio, e ele sempre faz isso quando você faz uma pergunta desconcertante ou quando a resposta seria um desconcertante "não". Mas ele disse sim. No caminho não se falaram mais, apesar de ele ter permanecido observando essa mulher pelo retrovisor, descobrindo os pequenos gestos dela. Enquanto passavam pela ponte, ele notava a crescente ansiedade dela, seus olhos antes semicerrados agora cresciam esbugalhados, olhando a noite e o escuro que ela guardava, tão logo desceu da ponte, a mulher disse que ele podia parar, que ela pegaria um ônibus dali, que só tinha dinheiro para pagar até ali, que o ônibus deveria passar pouco antes das cinco. Meu pai parou o carro e olhou diretamente para ela, antes que pudesse falar qualquer coisa, ela jogou uma nota de cem no banco da frente e saiu do carro, ele a observou caminhando em direção ao ponto de ônibus, ainda sem entender. Como que automaticamente, partiu. Poucos metros à frente parou o carro, pensou: "Meu Deus, aquela mulher quer se matar. Quanto desespero é preciso para que alguém vá de táxi até uma ponte da qual irá se jogar?". Uma culpa absurda começou a percorrê-lo, em duelo com sua natural complacência. Ele já estava voltando para casa quando entrou no primeiro retorno possível.

Eles se encontram duas vezes por mês, contam nossas histórias uns para os outros e revelam nossos nomes, nossas redes sociais, tudo que for possível, detalhe por detalhe, alguns inclusive nos seguem, fazem apostas, há votações para escolher os "mais interessantes" — existem até tópicos, "os mais loucos", "os mais bipolares", "os mais estúpidos", "os mais depressivos", "os mais vulneráveis", "os mais pervertidos" —, em alguns casos se aproveitam disso, fingem uma aproximação espontânea, se aproveitando do conhecimento compartilhado que possuem sobre os pacientes de colegas. Acompanham alguns, principalmente aqueles classificados como "pervertidos", inclusive de vez em quando subornam porteiros, motoqueiros, faxineiros para que acompanhem suas vidas, tirem fotos, façam vídeos. Se divertem com isso, segundo ele (e por isso me contou tudo isso), uma das preferidas sou eu. Eles estão dispostos a me pagar vinte mil reais somente para me levar pessoalmente ao local onde se encontram e responder a algumas perguntas. Mas que caralho, Clara, isso é crime. Isso é... Depravado, nojento, desumano, degradante e repugnante. A gente precisa fazer algo sobre isso. O quê? Você vai? Acho que é o melhor que podemos fazer. Você não tem medo do que esses psicopatas podem fazer? Tenho medo do que eles já fizeram.

Quando ele chega no ponto de ônibus, não há ninguém: vazio. Como se pudesse ouvir as batidas do coração dele agora, bem aqui. E o som do motor também. Coração e motor. Ele segue pelo caminho que veio, próximo ao acostamento, vagaroso, procurando na escuridão, cada vez mais culpado, cada vez mais nervoso. Até que ele a vê, à beira do limite, para o carro a certa distância, silencioso, e corre em sua direção, na ponta dos pés, chegando perto fala alguma coisa (da qual nunca mais se lembrou), sem gritar. Ela se vira, atordoada, quando ele a alcança, consegue falar apenas "por favor" e abraça o seu corpo, tremendo, ela treme de tensão e frio, ele sente o vento no pescoço feito navalha fria, ela repete a fala dele, "por favor", e agarra as costas da camisa dele, como se fosse o que a impedisse de cair ou afundar no chão da ponte. Meu pai conseguiu salvar aquela mulher. Isso é o que mais dói nele, porque ele não conseguiu salvar minha mãe. Isso aconteceu mais de um ano antes da morte da minha mãe, mas meu pai só me contou isso há algumas semanas. E foi como ver a maior ferida do mundo.

Eles são os maiores filhos da puta, mas eu não sei o que fazer, é tão inumano que nos deixa impassíveis, impotentes. Nem em vingança dá para pensar nessas horas, com que ódio nos vingaríamos?

— E onde você tá agora?

— Eu? Ainda tô naquela sala, sempre de volta pra lá, ainda tô na ponte, no quarto, naquele banheiro, perdida. Ainda tô presa.

Último conto

Agradecimentos

Agradeço a todas as pessoas que já leram uma palavra minha, às pessoas maravilhosas que decidem abrir um livro meu, às pessoas corajosas que leem.

Se eu vivo é para escrever, e sem você que me lê eu não seria nada.

Agradeço também aos amigos que caminham comigo e não riem quando eu caio. Porque a vida de qualquer artista é povoada por rejeições. E, quanto mais se anda, maiores são as rejeições, mais brilhosos são os fracassos. Muita gente passa, mas algumas pessoas deixam um pouco de si. E eu carrego muita gente comigo. Apesar de os nãos serem infinitamente mais numerosos do que os sins, são os sins que ficam.

Por isso agradeço à minha esposa e companheira na arte, Ju, por estar sempre comigo, sempre sincera.

Ao meu editor, Leopoldo, cuja coragem e ousadia convidam o esquisito à nossa literatura.

A todas as pessoas que primeiro confiaram em minha escrita e disseram sim: Leo, Moacir, Pantin, Marcelino, D'Salete, Assis Brasil, Joca, Xerxenesky, Muta, Flávio, Lacerda, Monike, Mali, Caio, Santi, Vilma, Lê, Bethania, Camis, Fê, Aline, Masso, Júlia, Andreas, Ana, Marcelo, Carol, Marina, Zeca, Igor, Luciano, Carla, Jaime, Lucas, Lolita, Lívia, Lígia, Ga, Maíra, Isa, Vi, Duda, Maria, Marcela, Monteiro, Roldão, Cintia, Laercio, Gê, Flávia, Flora, Lu, Xavier, Cáncer, Machado, Kildary, Ana, Pedro, Beltran, Daniel, Su, Vitor, Jy, vovó, mãe, pai, tia Celne... São centenas de pessoas a quem devo agradecer.

Aos professores e organizadores de todas as oficinas literárias de que já participei. Todas são fundamentais para a existência desses contos e deste livro.

Mais uma vez, agradeço a quem abre este livro, a quem percorre estas páginas, a quem tem sede de viver.

Vocês me inspiram.

Você não está só
Ligue 188
CVV

CARA LEITORA, CARO LEITOR

A **Aboio** é um grupo editorial colaborativo.

Começamos em 2020 publicando literatura de forma digital, gratuita e acessível.

Até o momento, já passaram pelos nossos pastos mais de 500 autoras e autores, dos mais variados estilos.

Para a gente, o canto é conjunto. É o aboiar que nos une e que serve de urdidura para todo nosso projeto editorial.

São as leitoras e os leitores engajados em ler narrativas ousadas que nos mantêm em atividade.

Nossa comunidade não só faz surgir livros como o que você acabou de ler, como também possibilita nos empenharmos em divulgar histórias únicas.

Portanto, te convidamos a fazer parte do nosso balaio!

Todas as apoiadoras e apoiadores das pré-vendas da **Aboio**:

—— têm o nome impresso nos agradecimentos de todas as cópias do livro;

—— são convidadas a participarem do planejamento e da escolha das próximas publicações.

Fale com a gente pelo portal **aboio.com.br**, ou pelas redes sociais (**@aboioeditora**), seja para se tornar uma voz ativa na comunidade **Aboio** ou somente para acompanhar nosso trabalho de perto!

Vem aboiar com a gente. Afinal: **o canto é conjunto.**

APOIADORAS E APOIADORES

Agradecemos às **145 pessoas** que assinaram o portal, apoiaram nossa pré-venda ou participaram direta ou indiretamente deste **Aboio**.
Sem vocês, este livro não seria o mesmo.

Adriane Figueira Batista
Alexander Hochiminh
Aline Caixeta Rodrigues
Allan Gomes de Lorena
André Balbo
André Costa Lucena
Andre Kalichsztein
André Pimenta Mota
Andreas Chamorro
Andressa Anderson
Anthony Almeida
Antonio Pokrywiecki
Arthur Lungov
Bianca Monteiro Garcia
Bruno Inácio
Caio Balaio
Caio Maia
Calebe Guerra
Camilo Gomide
Carla Guerson
Carolina Schettini
Cecília Garcia

Cintia Brasileiro
claudine delgado
Cleber da Silva Luz
Cristina Machado
Daniel Dago
Daniel Dourado
Daniel Giotti
Daniel Guinezi
Daniel Leite
Daniela Rosolen
Danilo Brandao
Denise Lucena Cavalcante
Dheyne de Souza
Diogo Cronemberger
Diogo Mizael
Eduardo Valmobida
Eduardo Rosal
Enzo Vignone
Fábio José da Silva Franco
Febraro de Oliveira
Flávia Braz
Flávio Ilha

Flávio Luís Freza
Francesca Cricelli
Francisco F. Rabelo Filho
Frederico Vieira de Souza
Gabo dos livros
Gabriel Cruz Lima
Gabriel Stroka Ceballos
Gabriela Machado Scafuri
Gael Rodrigues
Giselle Bohn
Guilherme Belopede
Guilherme da Silva Braga
Guilherme Lacerda
Gustavo Alves Reche
Gustavo Bechtold
Gustavo Carvalho Santos
Helyana Manso
Henrique Emanuel
Henrique Lederman Barreto
Ignácio de Loyola Brandão
Igor Candido
Jadson Rocha
Jailton Moreira
Jefferson Dias
Jessica Ziegler de Andrade
Jheferson Rodrigues Neves
Jinnye Melo
João Luís Nogueira
José Oliveira Schramm
Júlia Gamarano
Júlia Vita
Juliana Costa Cunha

Juliana Glasser
Juliana Slatiner
Julieta Barbosa Rodrigues
Júlio César Bernardes
Kendrick Lamar
Laercio Oliveira
Laís Araruna de Aquino
Laura Redfern Navarro
Leitor Albino
Leonardo Pinto Silva
Leonardo Zeine
Lia Girão
Lili Buarque
Lolita Beretta
Lorenzo Cavalcante
Lucas Ferreira
Lucas Lazzaretti
Lucas Verzola
Luciano Cavalcante Filho
Luciano Dutra
Luis Felipe Abreu
Luísa Machado
Luiza H. R.Gianesella
Manoela Machado Scafuri
Marcela Monteiro
Marcela Roldão
Marcelo Bernardo
Marcelo Girão Chaves
Márcia Cavalcante
Marco Bardelli
Marcos Vinícius Almeida
Marcos Vitor Prado de Góes

Maria F. V. de Almeida
Maria Inez Porto Queiroz
Mariana Donner
Mariana Figueiredo Pereira
Marina Lourenço
Mateus Magalhães
Mateus Torres Naves
Matheus Picanço Nunes
Mauro Paz
Milena Martins Moura
Minska
Monike D'Alencar
Natalia Timerman
Natália Zuccala
Natan Schäfer
Otto Leopoldo Winck
Paula Maria
Paulo Scott
Pedro Torreão
Pietro Portugal
Rafael Mussolini Silvestre
Ricardo Ishak
Ricardo Kaate Lima
Rodrigo B. de Menezes
Samara Belchior da Silva
Sergio Mello
Sérgio Porto
Shirley Aguiar girao
Thais Fernanda de Lorena
Thassio Gonçalves Ferreira
Thayná Facó
Tiago Moralles

Valdir Marte
Vitor Barbosa
Weslley Silva Ferreira
Yvonne Miller

EDIÇÃO Leopoldo Cavalcante
ASSISTÊNCIA EDITORIAL Nelson Nepomuceno
REVISÃO Marcela Roldão
DIREÇÃO DE ARTE Luísa Machado
COMUNICAÇÃO Thayná Facó
FOTOS (ATÉ PÁGINA 133) Caio Girão
FOTOS (PÁGINAS 135–136) Ju Glasser
ILUSTRAÇÕES Gê Rodriguex
ILUSTRAÇÃO DA CAPA Ju Glasser
a partir de foto de Gordon Parks
ILUSTRAÇÃO (PÁGINA 38) Damiano Mazza,
Ratto di Ganimede, 1575.

Edição © Aboio, 2024

Ninguém mexe comigo © Caio Girão, 2024

Grafia atualizada segundo o Acordo Ortográfico da Língua Portuguesa de 1990, que entrou em vigor no Brasil em 2009.

Os personagens e as situações desta obra são reais apenas no universo da ficção: não se referem a pessoas e fatos concretos, e não emitem opinião sobre eles.

Dados Internacionais de Catalogação na Publicação (CIP)
Tábata Alves da Silva — Bibliotecária — CRB — 8/9253

Girão, Caio
    Ninguém mexe comigo / Caio Girão ; ilustrações Ju Glasser, Gê Rodriguex. -- 1. ed. -- São Paulo : Aboio, 2024.

    ISBN 978-65-85892-17-9

    1. Contos brasileiros I. Glasser, Ju. II. Rodriguex, Gê. III. Título.

24-209662   CDD—B869.3

Índices para catálogo sistemático:
1. Contos : Literatura brasileira

[2024]

Todos os direitos desta edição reservados à:
ABOIO EDITORA LTDA
São Paulo — SP
(11) 91580-3133
www.aboio.com.br
instagram.com/aboioeditora/
facebook.com/aboioeditora/

[Primeira edição, junho de 2024]

Esta obra foi composta em Adobe Text Pro.
O miolo está no papel Pólen® Natural 80g/m².
A tiragem desta edição foi de 300 exemplares.
Impressão pelas Gráficas Loyola (SP/SP).

A marca FSC® é a garantia de que a madeira utilizada na fabricação do papel deste livro provém de florestas que foram gerenciadas de maneira ambientalmente correta, socialmente justa e economicamente viável, além de outras fontes de origem controlada.